suhrkamp taschenbuch 3526

Die Hochzeit des Dieners Figaro, die Verführungskünste der Wirtin Mirandolina, das Treiben auf dem kleinen venezianischen Campiello – aus der Bearbeitung dieser Theaterklassiker sind Peter Turrinis Komödien *Der tollste Tag* (frei nach Beaumarchais), *Die Wirtin* und *Campiello* (frei nach Goldoni) hervorgegangen. Bisher in 17 Ländern insgesamt über zweihundertmal inszeniert, gehören sie zu den erfolgreichsten Stücken des Dramatikers und zeigen die Theatertradition, der Turrini verhaftet ist: die Commedia dell'arte. Wenn sich aber die Sprache mit der realen Macht, die Liebe mit der Ökonomie und das Sein mit dem Schein zu messen beginnen, dann schlagen Sprachwitz und komödiantische Theatralik bald um in die Tragödie.

Von Peter Turrini, geboren 1944 in St. Margarethen in Kärnten, liegen im Suhrkamp Verlag die Stücke *Ich liebe dieses Land* (es 3412), *Der Riese vom Steinfeld* (es 3426) und *Da Ponte in Santa Fe* (es 3429) sowie der Gedichtband *Ein paar Schritte zurück* (st 3389) vor.

Peter Turrini

Der tollste Tag
Die Wirtin
Campiello

Komödien

Herausgegeben von
Silke Hassler

Suhrkamp

Umschlagfoto:
Peter Turrini als Graf von Forlinpopoli in *Die Wirtin*,
Gemeindehoftheater Wien, 1985

suhrkamp taschenbuch 3526
Erste Auflage 2003

Druck: Nomos Verlagsgesellschaft, Baden-Baden
Printed in Germany
Umschlag nach Entwürfen von
Willy Fleckhaus und Rolf Staudt
ISBN 3-518-45526-5

1 2 3 4 5 6 – 08 07 06 05 04 03

Inhalt

Der tollste Tag

Frei nach
Beaumarchais

Personen

FIGARO	ein Bediensteter
SUSANNE	eine Zofe
GRAF ALMAVIVA	ein Schloßherr
GRÄFIN ALMAVIVA	seine Gemahlin
BAZILLUS	der Intrigant des Grafen
BARTHOLO	ein Schloßbewohner
MARCELLINE	eine Schloßbewohnerin
CHERUBIN	ein gehobener Diener
ANTONIO	ein betrunkener Gärtner
DON GUZMAN DI STIBIZIA	ein Richter
ZETTELKOPF	sein Schreiber
EIN GRÄFLICHER DIENER	

Erster Akt

Auf der Bühne steht eine Kiste, ein riesiger Karton, von allen Seiten verschlossen. Es beginnt in der Kiste zu rumoren, Lärm, Geschrei dringt aus ihr. Plötzlich klappt die vordere Wand der Kiste auf und fällt mit einem Riesenkrach zu Boden. Die Spieler dieser Komödie blicken verdattert ins Publikum. Figaro pfeift und schickt die Spieler mit einer Handbewegung von der Bühne. In der Kiste wird es hell. Die Kiste hat zwei Seitentüren und eine große Eingangstür in der Mitte der hinteren Wand. Die Türen sind einfach aus dem Karton ausgeschnitten. In einer Ecke der Kiste steht ein Lehnstuhl. Was für das kommende Spiel an Möbeln gebraucht wird, steht in einer anderen Ecke der Kiste, von einer Decke zugedeckt.

Figaro kniet am Boden, mit dem Hintern zum Publikum. Er mißt den Boden aus.

FIGARO Ja, mein Herr ist gütig. Von seinen siebenundsechzig Betten schenkt er mir ein ganzes. Wie kann so ein erlauchter Hintern nur siebenundsechzig Betten durchwetzen?

Figaro greift sich auf den eigenen und dreht sich blitzschnell um.

FIGARO Selbst wenn ich die sämtlichen Hintern unserer Küchen-, Kammer- und Kellerzofen in Rechnung stelle, ist der Verschleiß beträchtlich. Nur das Maßlose ist aristokratisch, sagt mein Herr immer, wenn er mich schlägt. Ja, mein Herr ist gütig. Selbst mit seiner Hände Arbeit sorgt er für das verschärfte Wohl seiner Untergebenen.

Figaro mißt den Boden aus.

FIGARO Siebenundvierzig auf elf …

Susanne schleicht von hinten heran und setzt sich auf Figaros Rücken.

Oh, was für eine willkommene Last. Das ist Susanne, meine Braut, mein Engel. Die Göttin von Sevilla und Umgebung …

SUSANNE … die auf einem Esel reitet.

FIGARO Dann bin ich der glücklichste Esel …

SUSANNE … von Sevilla und Umgebung …

FIGARO Noch nie hat ein zarteres Gewicht das Ende seiner Wirbelsäule umschmeichelt. Noch nie haben sich Bakken so willig an Backen geschmiegt …

SUSANNE Bleib sachlich! Was machst du hier am Boden? Du kniest in einem wildfremden Zimmer und murmelst Zahlen vor dich hin.

FIGARO Primo ist dies kein wildfremdes, sondern unser Zimmer. Und secondo murmle ich nicht Zahlen, sondern vermesse den Standort unseres Bettes. Und terzo knie ich, weil du auf mir sitzt.

SUSANNE *springt auf:* Unser Zimmer? Unser Bett?

FIGARO *steht auf und nimmt eine pathetische Haltung an:* So höre, Schimpfende! Seine wohlweisliche Exzellenz, der Graf von Almaviva, haben uns in seiner gnädigen Güte dieses, sein siebenhundertvierundzwanzigstes Zimmer, und jenes, sein siebenundsechzigstes Bett, zum familiären Gebrauche überlassen. Was sagst du nun?

SUSANNE Ich sage … nun.

FIGARO Nun?

SUSANNE Nun, ja.

FIGARO Ja?

SUSANNE Nein.

FIGARO Wieso nein?

SUSANNE Wieso ja?

FIGARO Weil zwischen nein und ja ein Grund liegt.

SUSANNE Und wenn ich Grund genug hätte, den Grund nicht zu nennen?

FIGARO Das wären zwei Gründe. Um so mehr Grund, sie zu nennen. Nun?

SUSANNE Nein.

FIGARO Susannchen, ich überrede den Grafen, daß er uns auch seinen zweihundertvierundvierzigsten Teppich schenkt. Und die fehlende Einrichtung werden wir in unauffälligen Raten aus der Dachkammer herbeischaffen.

SUSANNE Figarino, dieses Zimmer ist schön durch deine Gegenwart.

FIGARO Dann lassen wir die Möbel!

SUSANNE Und das Zimmer!

FIGARO Was hast du bloß gegen dieses Zimmer? Die Abstellkammer der Herrschaften ist ein nobler Zufluchtsort für die Liebe der Bediensteten. Und außerdem liegt es genau zwischen den Gemächern der Brotgeber.

SUSANNE Eben.

FIGARO Eben das ist ein weiterer Vorteil dieses geglückten Raumes. Nachts, wenn die Herrin wegen Bauchweh läutet, schon setzt du hurtig ins feine Gemach über. Und ist dem Herrn was dringend Unnötiges gefällig, schon donnere ich diensteifrig zu seiner Verfügung. Du siehst, das Zimmer garantiert uns den kürzesten Dienstweg.

SUSANNE Und dem Herrn Grafen den kürzesten Schleichweg.

FIGARO Was willst du damit sagen?

SUSANNE Daß der Weg, den du davondonnerst, vom Grafen jederzeit beschlichen werden kann.

FIGARO Wenn er mich weit genug wegschickt!

SUSANNE Wenn er dich weit genug wegschickt.

FIGARO Wenn er mich weit genug wegschickt? Heiliges Osterei von Kastilien, ein fürchterlicher Verdacht klemmt sich in meiner Brust.

SUSANNE Trotz alledem ein schönes Zimmer.

FIGARO Es verliert zusehends. Glaubst du wirklich, daß mir der Graf Hörner aufsetzen will? Ich und ein Geweih?

SUSANNE Ich weiß, was ich glaube. Bazillus übermittelt mir die Liebe seines Herrn am laufenden Meter.

FIGARO Bazillus, diese walische Schraube. Dieser Leichenbriefträger gräflicher Gefühle ... Ich werde ihn prügeln, daß er seinen Vornamen bis auf weiteres vergißt.

SUSANNE Er ist ein treuer Schurke seines Herrn.

FIGARO Der Herr Graf, hat er nicht selbst dieses Vorrecht der ersten Nacht abgeschafft?

SUSANNE Um es bei mir wieder anzuschaffen.

FIGARO Diese Anschaffung wird ihn teuer zu stehen kommen.

SUSANNE Die erste Anzahlung hat er schon geleistet. Meine Ausstattung.

FIGARO Was für ein gnädiger Vorschuß auf die Gunst meiner Geliebten! Und ich dachte, es sei der wohlverdiente Lohn meiner Treue! So viel Dummheit ist schmerzlich.

SUSANNE Figaro denkt, der Graf lenkt.

FIGARO Nicht mehr lange. Die Klugheit der Großen ist die Falschheit der Kleinen. Küsse mich, o Muse aller Schurken. Ein Himmelreich für eine gute Intrige. Ich könnte ihn als Ehrenmann fordern, aber die Ehre beginnt leider erst beim Baron. Ich könnte ihn aus rasender Eifersucht töten, aber auch dieses Motiv gilt nur für Edelleute. Ich könnte ihn wegen ungebührlicher Nachstellerei verklagen, aber leider beginnt die Gerechtigkeit erst bei hundert Goldstücken.

SUSANNE Da ist guter Rat teuer.

Es läutet.

SUSANNE Das ist die Gräfin. Ich verschwinde.

FIGARO Entschwinde nicht so flugs, mein Täubchen. Küß mich. Ein Kuß auf die Vorderlippe erhöht das Denkvermögen, wie die Professoren sagen.

SUSANNE Und was wird morgen mein Mann sagen, wenn ich heute den Bräutigam küsse?

FIGARO Ich erlaube es. Ausnahmsweise.

Susanne küßt ihn kurz.

SUSANNE Ausnahmsweise.

Es läutet stärker.

FIGARO Was für ein Kuß. Ich höre vor Seligkeit die Glokken läuten.

SUSANNE *entsetzt:* Die Gräfin.

Susanne ab. Figaro allein.

FIGARO Weg ist sie, die honigsüße Biene. Daß hier der Graf den Mitschlecker spielen will, ist wider die Regeln meines Herzens. Jetzt geht mir ein Ballon auf. Mich befördert er zum Depeschenreiter, und während ich voll Schweiß und Treue dahinreite, reitet er voll Schweiß und Lust mein Susannchen. Während ich seinen Befehlen nachkomme, sorgt er für meine Nachkommenschaft. Würde doch nicht nur die Armut, sondern auch die Geilheit vor dem Adelsstande haltmachen. Diese Leidenschaft wird Ihnen noch leid tun, mein gnädiger Herr. Figaro, was macht ein Diener, dem weder Eifersucht noch Ehre noch Gerechtigkeit zugebilligt werden? Er wird schlecht, intrigant, falsch und verzeiht sich diese Eigenschaften zu besseren Zeiten. Mit der Glut seiner Leidenschaft werde ich dem Grafen das eigene Fell verbrennen und mit feuriger Bosheit die Mitgift in meine Taschen praktizieren. Das nenne ich Gerechtigkeit.

Bartholo, ein etwas heruntergekommener Medikus, und Marcelline, eine Dame in den mehr als besten Jahren, treten auf.

BARTHOLO *zu Figaro:* Natternkopf und Otternschwanz! Ist dieser ungebildete Schweinskopf auch hier?

FIGARO Otternkopf und Natternschwanz! Ist dieses gebildete Schweinshaupt auch hier?

BARTHOLO Wenn Sie nichts Klügeres zwischen Ihren Zähnen hervorpressen, mein Herr.

FIGARO Ich will Sie nicht überfordern, mein Herr.

BARTHOLO Das gelingt Ihnen bereits durch Ihre Gegenwart, mein Herr!

FIGARO Auch die Ihre lastet schwer auf mir, mein Herr!

BARTHOLO Mein Herr!

FIGARO *äfft ihn nach:* Mein Herr!

MARCELLINE Meine Herren! Ihre Höflichkeit übersteigt das Maß des Erlaubten.

FIGARO Madame, ich überlasse Euch gerne seine unerträgliche Gegenwart. Adieu, mein Herr, und denken Sie sich ein teures Hochzeitsgeschenk aus.

BARTHOLO Worauf du mein Gift nehmen kannst! *Figaro ab.*

Verfluchte Mutter Gottes, dieser Kerl ist mir widerlicher als ein kranker Steinklopfer. Ein Geschwülst von Adel ist mir lieber als das Gesicht eines Dieners. Was sind die kranken, blassen, zarten Lippen einer Komtesse gegen den stinkenden Mund einer gesunden Magd? Pestilenz und Petrus, warum darf das Volk krank werden, da uns schon vor seiner Gesundheit ekelt?

MARCELLINE Ihr habt nichts als Eure Profession im gebildeten Kopf.

BARTHOLO Weil die Profession die Bildung macht, meine Dame. Aber zur Sache. Warum haben Sie mich herbestellt? Ist jemand krank?

MARCELLINE Der Graf.

BARTHOLO Der Graf?

MARCELLINE Eine schreckliche Krankheit. Sie befällt ihn beim Anblick eines schönen Mädchens.

BARTHOLO Infiscation!

MARCELLINE Steigert sich mit Einbruch der Dämmerung.

BARTHOLO Convulsion!

MARCELLINE Und tobt die halbe Nacht.

BARTHOLO Explosion! Alles klario! Ich diagnostiziere auf Fleckfieber.

MARCELLINE Ich diagnostiziere auf Untreue.

BARTHOLO Diese Krankheit kommt bei Standespersonen offiziell nicht vor.

MARCELLINE Inoffiziell schleicht sich der Graf jede Nacht in die Kammern der Weiber.

BARTHOLO Sagen wir, er inspiziert seinen Besitz durch Nachtarbeit.

MARCELLINE Schon morgen wird er dieses Zimmer inspizieren.

BARTHOLO Ein fleißiger Graf.

MARCELLINE Und Susannes Bett.

BARTHOLO Vortrefflich! Dann bekommt Figaro einen Denkzettel, der Graf sein Vergnügen und Susanne den Grafen.

MARCELLINE Und ich bleibe übrig.

BARTHOLO Tragen Sie es mit Würde, die Ihrem Alter entspricht.

MARCELLINE Diese Bemerkung entspräche einer Ohrfeige, Sie ungehobelter Mediziner: Bin ich nicht allein, weil Sie mich in diesem Zustande belassen haben? Haben Sie nicht Ihr damaliges Heiratsversprechen gebrochen …

BARTHOLO Zores und Mores! Müssen Sie jede schlechte Gelegenheit dazu benutzen, mir diese albernen Grillen unter die Weste zu jubeln? Was wollen Sie? Daß wir hundertjähriges Jubiläum einer verflossenen Liebschaft feiern?

MARCELLINE Ich brauche Ihre Hilfe, Doktor.

BARTHOLO Wenn sie nicht gegen das Gesetz und meinen Vorteil ist …

MARCELLINE Ich liebe einen Mann.

BARTHOLO Die Krankheit ist häufig.

MARCELLINE Es ist Figaro.

BARTHOLO Die Dummheit ist selten! Was treibt eine reife Frau in die Arme dieses jungen Flegels?

MARCELLINE Die Reife, mein Herr.

BARTHOLO Dann treten Sie mit ihm in den Stand der Ehe.

MARCELLINE In denselben tritt er noch heute mit Susanne.

BARTHOLO Dann treten Sie wieder zurück.

MARCELLINE Mehr als diese dumme Treterei haben Sie mir nicht zu raten, Doktor?

BARTHOLO Da ist guter Rat teuer.

MARCELLINE *macht sich an ihn heran:* Früher war Ihnen meine Gunst etwas wert.

BARTHOLO Ihr Wert ist gesunken, Madame.

Marcelline zählt Geldstücke in die offene Hand Bartholos. Er läßt sie möglichst lange offen.

MARCELLINE Ihre Preise sind gestiegen, mein Herr. Nun reden Sie schon, gieriger Frosch.

BARTHOLO *läßt die Goldstücke in den geschlossenen Händen klimpern:* Gemach, gemach. Ein guter Plan braucht Inspiration. Sie lieben Figaro?

MARCELLINE So ist es.

BARTHOLO Figaro liebt Susanne?

MARCELLINE So scheint es.

BARTHOLO Interessant.

MARCELLINE Bekannt.

BARTHOLO Attenzione. Figaro heiratet Susanne, und der Graf ist der lachende Dritte.

MARCELLINE Und ich die weinende Vierte.

BARTHOLO Attenzione, sage ich, was ist den Weibern wichtiger als die Moral?

MARCELLINE Ihr Ruf!

BARTHOLO Und was verliert Susanne, wenn wir die Neigungen des Grafen offenbaren?

MARCELLINE Ihren Ruf!

BARTHOLO Figaro wird sich von ihr abwenden …

MARCELLINE … und mir zuwenden. Doktor, Sie sind ein Genie an Schlechtigkeit.

BARTHOLO Man tut, was man kann.

MARCELLINE Nehmen Sie diesen Kuß als Draufgabe.

Susanne tritt auf.

SUSANNE *räuspert sich:* Verzeihung, ich wollte die älteren Herrschaften nicht stören. Ich hab' was übrig für die Glut der späten Jahre.

MARCELLINE Zwanzig und schon so frech.

SUSANNE Siebzig und noch so geil.

MARCELLINE *übertrieben freundlich:* Wie geht's dem Grafen?

SUSANNE Er geht seiner Wege.

MARCELLINE Die ihn bald in dieses Zimmer führen werden …

SUSANNE Das ist sein gutes Recht.

MARCELLINE Und just in Susannes Bettchen.

BARTHOLO *Susanne nachäffend:* Das ist sein gutes Recht …

MARCELLINE … der Jungfer die Ehre zu nehmen.

SUSANNE Wie traurig für Euch, daß Ihr sie nicht mehr zu vergeben habt.

MARCELLINE Grafenliebchen!

SUSANNE Keine Ehre und kein Benehmen. Euch sind wirklich nur die Falten geblieben.

MARCELLINE Hurenkind.

SUSANNE Wenn Ihr sprecht, gleicht Euer Gesicht einer Ziehharmonika, auf der man einen Trauermarsch spielt.

MARCELLINE Doktor, halten Sie mich. Ich stürze mich auf sie.

SUSANNE Doktor, halten Sie doch die alte Dame, bevor sie stürzt.

BARTHOLO Donner und Dolores, halt, sage ich.

SUSANNE Donner und Dolores, hinaus, sage ich.

BARTHOLO Gehen wir, Marcelline. Susannchen brennt darauf, ihrem heißgeliebten Figaro die Hörner aufzusetzen. *Marcelline und Bartholo ab.*

SUSANNE *ruft ihnen nach:* Die Hölle ist zwei Stock tiefer. *Susanne allein.*

Das ist ein Teufelspaar. Mit ihrer Bosheit könnten sie ganze Landstriche unglücklich machen, warum quälen sie ausgerechnet mich? Ist die Liebe eines Dienstmädchens eine Weide, auf der jeder falsche Ochs herumtrampeln kann? Was habe ich ihnen getan? Ich liebe Figaro, das ist alles. Ja, das ist alles. *Sprechgesang*: Die Augen meines Geliebten finden alle Schätze meines Herzens, seine Hände heben sie.

Cherubin auf.

CHERUBIN Susanne singt?

SUSANNE Susanne lacht.

CHERUBIN Cherubin weint.

SUSANNE Das paßt nicht zu einem lustigen Pagen.

CHERUBIN Aber zu einem entlassenen.

SUSANNE Hat dir ein Mädchen den Laufpaß gegeben?

CHERUBIN Schlimmer.

SUSANNE Noch schlimmer?

CHERUBIN Schlimmstens. Es war ein Herr von Stand. Der Graf hat mich entlassen.

SUSANNE Was hat der alte Bock gegen dein junges Blut?

CHERUBIN Mein junges Blut hat sich ein wenig an der kleinen Blanchette vergriffen. Ich habe ihr sozusagen die Anfangsgründe der Anatomie beigebracht. Eine süße Lektion!

SUSANNE Weiter.

CHERUBIN Ein bitteres Erwachen! Dann plötzlich kommt der Graf dazwischen und brüllt, daß die Stiere fliegen. Er schreit …

SUSANNE Was?

CHERUBIN Daß!

SUSANNE Was daß?

CHERUBIN Daß ich der letzte Schwanz von Kastilien sei und ob ich der amtliche Zureiter seiner Mägde wäre und …

SUSANNE Das genügt.

CHERUBIN Für eine Entlassung. Susannchen, hilf mir. Sonst bin ich für immer von deinem Angesicht verbannt.

SUSANNE Es wird mich schmerzen.

CHERUBIN Es wird mich töten.

SUSANNE Du wirst auch das überleben.

CHERUBIN Aber wie. Ich werde hungrig und zerrissen durch die deutschen Sümpfe waten, meine müden Augen suchen vergeblich nach dem Trost deiner Schönheit.

SUSANNE Moment, du Schürzenschlingel. Ist nicht die Gräfin deine heimliche Liebe? Hast du nicht sämtlichen Mägden den Hintern verdreht? Jetzt bin wohl ich an der Reihe?

CHERUBIN Du hast recht. Aber die Gräfin ist so weit entfernt, daß ich nur für sie schwärmen kann. Dich aber kann ich lieben.

SUSANNE Gott sei Dank bist du nicht so weit entfernt, daß ich dich nicht ohrfeigen kann.

Susanne läuft ihm nach.

CHERUBIN Rette mich, Susanne, sonst bin ich verloren.

Susanne lacht und bleibt stehen.

SUSANNE Wie soll es mir gelingen, den Grafen umzustimmen?

CHERUBIN Wie ich höre, hast du seine Gunst.

SUSANNE Wie ich höre, hast du deine Frechheit wieder.

CHERUBIN Leg ein gutes Wort für mich ein.

SUSANNE Und mich dazu?

CHERUBIN Wenn's sein muß.

SUSANNE Warum könnt ihr alle über meine Liebe zu Figaro verfügen? Wieviel ist sie euch eigentlich wert? Sie gehört mir. Mir.

CHERUBIN Ich verstehe dich nicht, Susannchen.

SUSANNE Ich verstehe dich auch nicht, Cherubin.

Man hört Schritte und Getöse.

CHERUBIN Ich höre etwas, Susannchen.

SUSANNE O Gott, der Graf!

CHERUBIN Der Graf? O Gott!

Cherubin verschwindet blitzschnell unterm Lehnstuhl. Der Graf tritt ein. Vor ihm schreitet ein Diener. Er klopft mit dem Stock dreimal auf den Boden. Alles erstarrt zur Pose.

DIENER Seine Exzellenz, der besonders wohlgeborene Graf von Almaviva, Herr über zweihundert Rinder und Mägde, Großcomptur von Kastilien und Katalonien, erster

Inquisitionsrat, Hauptaktionär einer Galgenfabrik, Träger und Käufer aller heiligen spanischen Orden, Vorsitzender der heiligen spanischen Liga für Heidenvertilgung, gefürsteter Graf von …

GRAF Das reicht. Ich bin inkognito hier. Susanne, ich bin gekommen, dir meine Gefühle persönlich zu äußern. Ich bin in der glücklichen Lage, über eine gewisse Leidenschaft für dich zu verfügen. Ich werde sie sofort äußern. Wo ist ein Stuhl?

SUSANNE Halt, Herr Graf. Mit Verlaub, bleiben Sie stehen.

GRAF Mit Verlaub, ich will mich setzen.

SUSANNE Mit Verlaub, Herr Graf sehen im Stehen besonders vorteilhaft aus.

GRAF Mit Verlaub, Herr Graf fühlen sich im Sitzen wohler.

Der Graf setzt sich.

Cherubin jault auf.

Was jault hier?

SUSANNE Es hat gejault?

Der Graf steht auf und läßt sich noch einmal in den Lehnstuhl fallen. Cherubin jault wieder auf.

GRAF Es hat gejault!

SUSANNE Es hat gequietscht. Der Sessel geht aus dem Leim.

Der Graf steht noch einmal auf und läßt sich in den Lehnstuhl fallen. Cherubin versucht ein Quietschen nachzuahmen.

GRAF Es hat gequietscht, in der Tat. Man soll den Tischler benachrichtigen. Susanne, ich liebe dich. Bazillus hat dich bereits über meine Leidenschaft in Kenntnis gesetzt. Ich bin persönlich erschienen, um mit dir über die organisatorische Seite der Angelegenheit zu sprechen. Du kannst dich entspannen, mein Kind.

SUSANNE *eindringlich:* Herr Graf, ich heirate noch heute meinen Figaro.

GRAF Das ist Punkt eins in meinem Plan. Er ist dann immer der Vater.

SUSANNE *eindringlich, ehrlich:* Figaro ist Euch immer treu gewesen.

GRAF Das ist Punkt zwei in meinem Plan. Seine Treue wird belohnt. Ich versetze ihn in den Außendienst und ernenne ihn zum ständigen Depeschenreiter.

SUSANNE *flehentlich:* Figaro hat euch viele gute Dienste erwiesen.

GRAF Mit seiner Abwesenheit erweist er mir den besten, denn sie garantiert mir deine unbemannte Anwesenheit. Das ist übrigens Punkt drei in meinem Plan.

SUSANNE *wieder spielerisch:* Da wäre noch ein Punkt.

GRAF Noch einer? Ich bezahle Bazillus dafür, daß er mir die besten Intrigen ausarbeitet. Hat der Kerl was vergessen?

SUSANNE Das Wichtigste. Ich liebe Euch nicht.

GRAF Das ändert die Sachlage. Bazillus! *Brüllt:* Bazillus!
Bazillus, ein schäbiger Schurke, steigt unter der Decke, die die Möbel zudeckt, hervor.
Bazillus, sie liebt mich nicht. Ich brauche eine neue Intrige. Sei fleißig, Schurkenkopf.

BAZILLUS Sei fleißig, Schurkenkopf. Ich hab's. Sie liebt Euch nicht, aber sie liebt. Den alten Weibern sind die Schenkel vertrocknet, und ihre Grube ist voller Schlangen. Die aber ist jung und hat einen Schoß voll Feuer, den Euer Diener löschen soll. Schickt den Diener weg, und Ihr seid dran. Gelöscht muß werden.

SUSANNE Der Herr wird sich verbrennen.

GRAF Der Plan ist schlecht und schon dagewesen. Mach einen anderen.

BAZILLUS Sei fleißig, Schurkenkopf. Ich hab's. Was man nicht stehlen kann, Herr Graf, kann man auch kaufen. Die Liebe zu Eurem Diener ist ihr sehr wertvoll. Gebt noch zwanzig Prozent drauf, und Ihr habt sie.

GRAF Was bin ich schuldig, Susanne?

SUSANNE Ihr wollt Euch meine Liebe erkaufen? Immerzu. Die erste Rate ist fällig.

GRAF Wieviel, mein Kind?

SUSANNE Nicht viel, mein Herr. Ihr habt heute den Pagen Cherubin entlassen. Nehmt die Entlassung zurück.

GRAF Was liegt dir an dem Kerl?

SUSANNE Was liegt Euch an der Entlassung?

GRAF Der Schmutzfink hat sich an Blanchette vergriffen.

SUSANNE Was liegt Euch an Blanchette?

GRAF He, Bazillus! Was liegt mir an Blanchette?

BAZILLUS So viel liegt Euch an ihr, als Ihr auf ihr liegen wollt.

GRAF Vortrefflich. Der Kerl ist wegen Besitzstörung entlassen. Ich habe ihn selbst ertappt. Erzähl die Geschichte, Bazillus.

BAZILLUS *wirft sich in Pose:* Unser heißgeliebter Graf Almaviva befindet sich auf Inspektionsreise. Im Zimmer von Blanchette findet er dieselbe in höchster Auflösung. Herr Graf schöpft einen hochwohlgeborenen Verdacht und hebt das Bettuch …

BAZILLUS *hebt das Tuch, welches die Seiten des Lehnstuhls verkleidet:* … und plötzlich sieht er … *Bazillus sieht Cherubin:* … Oh!

SUSANNE Oh!

BAZILLUS Cherubin!

GRAF Unterm Bett!

BAZILLUS Unterm Lehnstuhl!

GRAF *springt auf:* Oh! *Er sieht selbst nach:* Gestern wie heute! Der Kerl wohnt unter meinen Möbeln!

CHERUBIN Ein Zufall, Herr Graf!

SUSANNE Ein Irrtum, Herr Graf!

GRAF Eine Schande, Susanne!

BAZILLUS Abscheulich!

GRAF Greulich!

SUSANNE Herr Graf, ein Irrtum …

BAZILLUS Greulich!

GRAF Abscheulich! So kurz vor der Hochzeit, und schon

liegen die Liebhaber unter den Möbeln herum. Was für eine Sittenlosigkeit unter meiner Dienerschaft! Was für ein Verstoß gegen die Moral des Hauses. Der arme Figaro, den ich mehr als ein Reitpferd schätze ... es ist ...

BAZILLUS Abscheulich!

GRAF Unterbrich mich nicht in meiner Erregung. Was wollte ich soeben zornig bemerken?

BAZILLUS Dem Pferd sind Hörner aufgesetzt, so wolltet Ihr eben trefflich bemerken.

GRAF Ein Pferd mit Hörnern?

BAZILLUS ... der betrogene Figaro.

GRAF Der arme Esel.

SUSANNE Weder Pferd noch Esel. Herr Graf, Figaro ist nicht betrogen, und Cherubin ist ...

CHERUBIN Ein unschuldiger Mensch.

GRAF So wie gestern. Der Kerl sammelt die Unschuld.

SUSANNE Eben wegen dieses »Gestern« kam er heute zu mir. Nachdem Ihr ihn bei Blanchette erwischt hattet, habt Ihr ihn entlassen. Bevor Ihr ihn bei mir gefunden habt, bat er mich, Euch zu bitten, ihn nicht zu entlassen.

GRAF Und diese Bitte trug er dir unter dem Lehnstuhl vor?

BAZILLUS Greulich!

GRAF Genug. Dieses Bordell muß ein anderes werden. *In Pose:* Ich verfüge ...

DIENER *klopft mit dem Stock dreimal auf den Boden:* Es verfügt der wohlgeborene Graf von Almaviva, Herr über ...

GRAF *unterbricht ihn:* Schweig er! Das Zeremoniell reißt mich ganz aus dem Zorn. *Zu Susanne:* Ich freue mich darauf, Figaro von deinen abscheulichen Taten zu unterrichten.

SUSANNE *mutig:* Und ich freue mich darauf, der Frau Gräfin von Euren abscheulichen Absichten zu erzählen. Geteilte Freud ist halbes Leid, wenn ich zusätzlich bemerken darf.

GRAF Heilige Madonna in Unterhosen! Das ist ...
BAZILLUS Greulich ...
GRAF Eine Erpressung!!!
BAZILLUS Abscheulich. Das Personal wird immer frecher.
GRAF Bazillus. Los, los, eine neue Intrige.
Es klopft.
BAZILLUS Es klopft!
GRAF Dann öffne!
BAZILLUS Ich eile!
GRAF Halt! Zuerst eine Intrige, vorwärts!!
Es klopft stärker.
BAZILLUS Es klopft noch immer. Ich eile wieder.
GRAF Halt! Die Intrige, schnell!
BAZILLUS Eine Intrige zwischen Tür und Angel? O Gott! Greulich!
Die Tür öffnet sich. Die Gräfin und Figaro auf.
GRAF Abscheulich. Der Auftritt paßt mir wenig.
FIGARO *zum Grafen, mit tiefster Verbeugung:* O glückliche Dienerschaft, die Euch, Herr Graf, zum Herren weiß.
DIENER *klopft mit dem Stock:* Seine Exzellenz, der besonders wohlgeborene Graf von Almaviva ...
FIGARO Retter der Jungfernschaft!
DIENER Herr über zweihundert Rinder und Mägde ...
FIGARO Hüter der Unschuld!
DIENER Erster Inquisitionsrat ...
FIGARO Meister der Tugend!
DIENER Hauptaktionär einer Galgenfabrik ...
FIGARO *zu Susanne:* Mach mit, mein Herz, gleich zappelt der Bock an der Angel!
GRAF Was gibt's da zu flüstern, Figaro?
FIGARO Verzeiht, Herr Graf. Die Lobpreisung für Eure Person hat mir die Zunge verschlagen. Ich bin ganz heiser. *Mit krächzender Stimme:* Retter der Jungfernschaft! Hüter der Unschuld! Meister der Tugend!
SUSANNE *flüsternd zu Figaro:* Treibe es nicht zu weit, mein kühner Figaro.

GRAF Was gibt's da zu flüstern, Susanne?

SUSANNE *heiser:* Ich teile nur die Verehrung meines Bräutigams für Eure Person.

GRAF Dieser Ausbruch einer allgemeinen Heiserkeit …

GRÄFIN … ist doch nur der Ausdruck tiefster Rührung. Die guten Leute haben eine Bitte, die ich tiefbegründet finde. Sie sind tief gerührt von Ihrer Art, die Tugend zu belohnen und die Unschuld zu schützen.

SUSANNE Zutiefst!

GRÄFIN Seit Sie mir zuliebe dieses Vorrecht der ersten Nacht abgeschafft haben, sind Sie das Ziel höchster Bewunderung geworden.

FIGARO Zutiefst!

SUSANNE Zuhöchst!

GRAF Ich dieses Vorrecht abgeschafft … ich habe dieses Vorrecht durch Abschaffung …

Bazillus reicht dem Grafen einen Zettel.

GRAF *liest:* … abgeschafft, um den sklavischen Tribut der Gewalt durch die süße Pflicht der Hingabe zu ersetzen!

FIGARO Ein Triumph der Tugend! Vivat!

DIENER Vivat! Die Tugend unseres Herrn!

GRAF Es freut mich, daß meine Einstellung zu Fragen der Sitte und Moral so einstimmig gewürdigt wird. *Brüllt:* Aber warum ausgerechnet jetzt und so heftig? He?

Bazillus reicht dem Grafen einen Zettel.

GRAF *vornehm:* Was überkam Euch?

GRÄFIN Graf Almaviva, durch Ihre weise Entscheidung wurde dieses Geschöpf – *wendet sich zu Susanne* – vor Schande bewahrt.

SUSANNE *verbeugt sich vor dem Grafen:* Durch ihn bewahrt! *Wendet sich zu Figaro:* Für ihn bewahrt!

DIENER Vivat! Die Tugend unseres Herrn!

GRÄFIN Durch Ihre sittenreiche Haltung wird dieses Mädchen seine Hochzeitsnacht mit dem Herrn ihres Herzens und nicht mit dem des Hauses verbringen. Kein Tribut der Gewalt, nur die süße Pflicht der Hingabe.

DIENER Ein Triumph der Tugend! Vivat!

GRAF *laut:* Halt, sage ich, aus der Hochzeit der beiden wird …

GRÄFIN Ein würdiges Fest, wenn Sie, mein Gemahl, die Bitte dieser Leutchen erfüllen und der tugendsamen Braut den Schleier aufs jungfräuliche Haupt legen. Wie gut würde diese Handlung zu Ihrer reinen Gesinnung passen.

Figaro reicht dem Grafen den Schleier.

DIENER Vivat! Die Reinheit unseres Herrn!

SUSANNE Könnt Ihr Euch, Herr Graf, einem Lobe entziehen, das Euch mehr als allen anderen gebührt? Euch, der Ihr so fleißig an die Tugend Eurer Mägde denkt …

GRAF Bei allen Puffmüttern des Himmels, was mach' ich nur?!

FIGARO Seht sie Euch an, Herr Graf. Macht nicht die Schönheit dieses Mädchens Eure Geste doppelt wertvoll?

SUSANNE Nicht von Äußerlichkeiten ist jetzt die Rede, sondern von den inneren Werten des Herrn Grafen.

DIENER Vivat! Die Tugend unseres Herrn!

GRAF Bazillus, schnell, eine blitzartige Intrige. *Bazillus reicht dem Grafen einen Zettel.*

GRAF *liest laut:* Zeit gewinnen! Oh!

GRÄFIN Was sagen Sie?

GRAF *verlegen:* Die Zeit, die Zeit sie geht so schnell von hinnen …

GRÄFIN Drum Ordnung lehrt euch Zeit gewinnen. Überreichen Sie der Braut den Schleier, damit die Hochzeit ihren Lauf nehmen kann. Besiegeln Sie den Bund.

Figaro drängt dem Grafen den Schleier auf.

GRAF Ich besiegle …

BAZILLUS *flüstert:* Zeit gewinnen!

GRAF Etwas später.

GRÄFIN Ihr Wort genügt.

GRAF Hier ist nicht der richtige Ort für eine so feierliche Zeremonie. Auf! Auf! Das Gesinde soll sich putzen und die Räume schmücken. Dies ist kein gewöhnlicher Tag, vereint er doch zwei Liebende zu einem Bunde …

BAZILLUS *flüstert:* Zeit gewinnen!

GRAF … zum ewigen Bunde …

BAZILLUS *flüstert:* Zeit gewinnen!

GRAF … bis in alle Ewigkeit …

DIENER Amen!

GRAF *zu Bazillus:* Jetzt geht es hart auf heiß. Ich brauche eine erstklassige …

BAZILLUS Ich weiß. Prompte Lieferung. Ich eile.

Bazillus ab. Graf und Gräfin ab.

FIGARO *zu Susanne:* Na, mein Täubchen, wie haben wir das gedreht?

SUSANNE Wenn du die Ehe auch so klug betreibst wie unsere Hochzeit, sehe ich rosa für die Zukunft.

FIGARO Wenn ich an die Zukunft mit dir denke, sehe ich alle Farben.

Figaro und Susanne ab.

Cherubin kommt hinterm Lehnstuhl hervor.

CHERUBIN O heilige Mutter Gottes! Gesegnet sei dein jungfräulicher Busen! Mich hat der Graf vergessen. Was für eine Wohltat für mein unschuldiges Gemüt.

DIENER *von draußen, seine Stimme kommt näher:* Seine Exzellenz, der besonders wohlgeborene Graf von Almaviva, Herr über zweihundert Rinder und Mägde, Großcomptur von Kastilien und Katalonien, erster Inquisitionsrat, Hauptaktionär einer Galgenfabrik …

Cherubin verschwindet blitzschnell hinterm Lehnstuhl. Graf und Diener auf.

GRAF Scheiße in aeternam! Verfluchtes Gesindel! Va nella figa della butana che te ha gagata. Endlich kann ich mich ausfluchen! Nicht genug, daß sie mein Brot fressen, meine Teppiche zertrampeln, jetzt bringt man mich auch noch um mein Vergnügen. Diese Hochzeit wird verhindert. Jawohl, ich lasse verhindern. *Zum Diener:* He, du, wirf den Lehnstuhl um. Ich brauche ein sichtbares Zeichen meiner Erregung!

Der Diener wirft den Lehnstuhl um. Cherubin kommt zum Vorschein.

GRAF Cherubin? Schon wieder?!

CHERUBIN Es, es hat nichts zu bedeuten.

GRAF Zum drittenmal! Ich werde wahnsinnig!

CHERUBIN Eine … dumme Gewohnheit, Herr Graf …

GRAF Ich lasse dich auspeitschen!

CHERUBIN Als ich das letztemal unter diesem Lehnstuhl …

GRAF Ich hetze dir die Hunde nach!

CHERUBIN … Euch mit Susanne sprechen hörte …

GRAF Ich entlasse dich!

CHERUBIN … über ein gewisses Thema …

GRAF Ich versetze dich!

CHERUBIN … welches die Frau Gräfin …

GRAF Zu meinem Regiment …

CHERUBIN … nie erfahren wird!

GRAF … als Leutnant! Du reist noch heute ab. Mein letztes Wort. *Wendet sich zum Gehen:* Ein widerliches Pack! Scheiße in aeternam!

DIENER Seine Exzellenz der …

GRAF Halt's Maul!

Graf und Diener ab.

CHERUBIN Ein unflätiger Graf!

FIGARO *öffnet irgendeine Luke im Karton:* Du sagst es!

CHERUBIN *erstaunt:* Figaro?!

FIGARO Figaro hier, Figaro dort. Ich habe alles mitgehört. Gratuliere zu deiner Beförderung.

CHERUBIN Kein Ohrenschlecken und Hüftenlutschen mehr. Ade, du holde Weiblichkeit!

FIGARO Halt, Cherubin! Komm her, du plumper Damenfreund! Dich brauch ich noch in meinem Plan.

CHERUBIN Es hat sich ausgeplant. Statt einer heißen französischen Umarmung blüht mir die kalte Kugel eines Franzosen. Armer Cherubin!

FIGARO Dummer Cherubin! So ein leichtfüßiger Kerl wie du soll ein Schweißfuß der Infanterie werden?

CHERUBIN Was soll ich in meinem Schmerze tun, Figaro?

FIGARO Paß auf! Mit einer Heldenbrust stolzierst du beim Schloßtor hinaus, und auf leisen Zivilistensohlen schleichst du dich wieder herein.

CHERUBIN Damit mich der Graf mit schweren Fußtritten wieder hinausbefördert.

FIGARO Das laß meine Sache sein.

CHERUBIN Wie kann ich meinen Hintern deine Sache sein lassen?

FIGARO Dein Hintern ist Sache von Blanchette, denn bei ihr wirst du dich verstecken. Ich werde gleich alles vorbereiten.

CHERUBIN Sei geküßt, Figaro. Du rettest mich vor dem sicheren Heldentum!

Cherubin küßt Figaro wild aufs ganze Gesicht.

FIGARO Bei allen schwulen Teufeln, was soll das?

CHERUBIN Bei allen guten Komödien, warum nicht? Kennst du nicht das Rezept aller Komödien? In der Komödie ist alles möglich, besonders das Gegenteil. Die Armen werden reich, die Reichen werden betrogen, die Unglücklichen werden glücklich, etcetera, etcetera. Und wer nichts anderes im Kopfe hat als das goldene Dreieck der Weiber, auch der treibt beizeiten …

Cherubin küßt Figaro.

… das Gegenteil!

Umbau

Ende des ersten Aktes. Cherubin und der Diener spannen ein großes Tuch vor die Kiste. Die beiden singen ein Lied. Den Refrain des Liedes singt Cherubin allein.

CHERUBIN, DIENER

Wir ziehen nach Toledo,
am Tage vor der Schlacht.
Und unsre Mägen knurren,
wie der Schakal bei Nacht.
Mein Mädchen, wo ist dein Lachen?
Dein Alabastergesicht?
Du weißt, ich lieb' diese Sachen,
verbirg sie doch nicht.
Wir ziehen nach Toledo,
die Sonne brennt so heiß.
Man hört die Felder keuchen
und sauft den eigenen Schweiß.
Mein Mädchen, wo ist dein Lachen?
Dein Alabastergesicht?
Du weißt, ich lieb' diese Sachen,
verbirg sie doch nicht.
Wir ziehen nach Toledo,
der Abend hüllt uns ein.
Und aus den Gräben steigen
die Nebel ins Mark hinein.
Mein Mädchen, wo ist dein Lachen?
Dein Alabastergesicht?
Du weißt, ich lieb' diese Sachen;
verbirg sie doch nicht.
Wir ziehen nach Toledo,
es ist die Nacht vorm Tod.
Unsre Augen brennen wie Feuer,
und die Stiefel färben sich rot.
Mein Mädchen, wo ist dein Lachen?
Dein Alabastergesicht?
Du weißt' ich lieb' diese Sachen,
verbirg sie doch nicht.
Jetzt sind wir in Toledo,
es ist der Morgen der Schlacht.

Eine Kugel zerreißt mir den Nacken,
der Rest wird von Schwertern vollbracht.
Ich fahre in den Himmel
am Tage nach der Schlacht.
Dort gibt es lauter Helden,
ich hab' nur an dich gedacht.

Zweiter Akt

Das Zimmer der Gräfin. Schminktisch, Paravent usw. Susanne hilft der Gräfin beim Anziehen.

GRÄFIN Was sagst du nun, mein Mädchen? Der Graf hat sein Wort gegeben. Die Hochzeit findet statt.

SUSANNE Ihr kamt im richtigen Augenblick.

GRÄFIN Dein Figaro hat mir alles erzählt. Daß dir mein Mann nachstellt …

SUSANNE … zuerst ließ er mir nur durch Bazillus zustellen. Dann kam er selbst und forderte …

GRÄFIN Er liebt mich nicht mehr.

SUSANNE Warum wißt Ihr das so genau?

GRÄFIN Die Einsamkeit ist eine gute Lehrmeisterin, Susanne.

SUSANNE Aber seine Eifersucht.

GRÄFIN Ist nichts als Eitelkeit. Er liebt mich wie einen Gegenstand, wie seine goldenen Uhren. Zärtlichkeit für eine Uhr? *Leise:* Ich verroste bei lebendigem Leib. Kein verstecktes Lächeln, kein verliebtes Flüstern holt mich zurück. Ich höre den Stundenschlag und bin allein mit seinem Echo.

SUSANNE Glaubt Ihr, daß Figaro mich immer lieben wird?

GRÄFIN Ich glaube, daß die Männer die Liebe nicht verstehen.

Es klopft.

FIGARO *von draußen:* Es hat geklopft!

SUSANNE Wie meinen Frau Gräfin?

GRÄFIN *macht die Stimme Figaros nach:* Es hat geklopft! *Lachend:* Figaro steht vor der Tür.

SUSANNE Figaro steht vor der Tür? Warum sagt er nichts?

Susanne eilt zur Tür und öffnet sie. Figaro tritt ein und hält sich die Hand vor die Augen.

FIGARO Ich bin blind!

GRÄFIN, SUSANNE *erschrocken:* Bei Gott!

FIGARO *nimmt die Hand von den Augen:* Bei Ihrer Schönheit, meine Damen, wer könnte sie ohne Blendung überstehen!

GRÄFIN Ach so.

SUSANNE Red nicht so geschwollen.

FIGARO Wohin sonst mit aller Schwellung, wenn nicht in die Sprache?

GRÄFIN Was gibt's Neues, Figaro?

FIGARO Ich habe den Grafen belauscht.

SUSANNE Das ist nicht neu.

FIGARO Der Graf hat Cherubin zum Leutnant gemacht und in den Krieg geschickt.

GRÄFIN Das ist entsetzlich.

FIGARO Halb so schrecklich. Ich habe den Bengel im Schloß versteckt.

GRÄFIN Das ist gefährlich. Du kennst den Zorn des Grafen.

FIGARO Halb so gefährlich. Ich habe dem Burschen eine Verkleidung ausgedacht, die den Grafen hoch erfreuen wird.

SUSANNE Was meinst du damit, Figaro?

GRÄFIN Du sprichst in Rätseln.

FIGARO So hört die Lösung. Der Graf ist zornig und wird alles versuchen, die Hochzeit zu verhindern.

GRÄFIN Er hat seine Zustimmung gegeben.

FIGARO Was er gibt, kann er auch wieder nehmen.

SUSANNE Was ihm nicht gelingen wird.

FIGARO Was ihm wohl gelingen könnte. Wir müssen ihn versöhnlich, milde machen, wie eine katalanische Katze. Schnurr!

GRÄFIN Schnurr?

SUSANNE Schnurr?

FIGARO Schnurr!

SUSANNE Du spinnst, Figaro!

FIGARO Darf ich ausreden? Susanne wird sich dem Grafen geneigt zeigen und ein Rendezvous vereinbaren.

SUSANNE Du bist verrückt, Figaro!

FIGARO Dein Entgegenkommen macht den Grafen milde und unsere Hochzeit sicher. Und in der Nacht im Park, wenn er mit gierigen Fingern nach meiner Gemahlin grabscht …

SUSANNE Du bist grausam, Figaro!

FIGARO … wird Cherubin in ihren Kleidern stecken!

SUSANNE Du bist genial, Figaro!

FIGARO Wenn man mich ausreden läßt. Der Graf erhält den gerechten Lohn für seine Untreue …

GRÄFIN … und Cherubin?

FIGARO Das dreh' ich schon.

SUSANNE Das dreht er schon, Frau Gräfin, bei seiner Begabung!

GRÄFIN Der Plan gefällt mir. Aber ist er nicht zu gefährlich?

FIGARO Gefahr, Frau Gräfin, ist ein kleiner Preis für soviel Schönheit, oder wie die Deutschen etwas plumper sagen: Wer wagt, gewinnt!

GRÄFIN Dann wage, Figaro.

SUSANNE Dann gewinne, Figaro.

FIGARO Adieu. Ich schicke euch den Cherubin. Macht mit Kleidern und Schminke ein Mädchen aus ihm, daß dem Grafen der Mut in der Hose schwillt, daß seine Lüsternheit die Gipfel der Pyrenäen übersteigt, daß …

SUSANNE Halt, Figaro, du befindest dich in Gesellschaft von Damen …

FIGARO … die ich mit Wehmut verlasse!

Figaro ab.

GRÄFIN Ein Teufelskerl, dein Figaro. Cherubin wird gleich hier sein.

SUSANNE Er ist so mutig.

GRÄFIN Und so hübsch.

SUSANNE Und so klug.

GRÄFIN Und so jung.

SUSANNE Ach, Figaro.

GRÄFIN Ach, Cherubin. Schnell, Susanne, hilf mir beim Schminken. Hier fehlen noch zwei Locken. Sind meine Wangen nicht zu blaß? Meine Haare sind ganz durcheinander.

Es klopft.

SUSANNE So wie Ihr, Madame.

GRÄFIN Was willst du damit sagen?

Es klopft.

SUSANNE Die Antwort steht vor der Tür.

Susanne öffnet die Tür. Cherubin tritt ein.

Grüß Gott, Herr General.

CHERUBIN Grüß Gott, Susanne.

GRÄFIN Grüß Gott, Herr Leutnant.

CHERUBIN Meine Ergebenheit, Frau Gräfin. Oh, ich bin blind!

SUSANNE Bei Ihrer Schönheit, meine Dame, wer könnte sie ohne Blendung überstehen? Die Stelle ist schon vorgekommen.

CHERUBIN *zur Gräfin:* Der Graf hat mich zum Krieger gemacht. Helft mir, schöne Dame.

SUSANNE Was für eine mutige Anrede.

GRÄFIN Wie anmutig er redet. Hat dir Figaro alles erzählt?

CHERUBIN So viel, als daß Ihr mich erwartet.

GRÄFIN Gut, Susanne, sperr die Tür ab.

Susanne sperrt die Tür ab.

CHERUBIN *verwundert:* Frau Gräfin?

GRÄFIN Herr Leutnant? Zieh deinen Rock aus, Cherubin.

CHERUBIN *noch mehr verwundert:* Frau Gräfin?

GRÄFIN Herr Leutnant? Zieh dein Kleid aus, Susanne.

CHERUBIN Ich soll mich wirklich ausziehen?

GRÄFIN Du sollst Susannes Kleid anziehen. Eine Maskerade, mein Freund.

CHERUBIN Eine Maskerade?

SUSANNE Herr General sollen das hübscheste Mädchen der Umgebung werden. Wie gefällt dir das?

CHERUBIN *nach kurzer Überlegung:* Lieber ein falsches Mädchen als ein echter Held.

Susanne hat ihr Kleid ausgezogen, Cherubin seinen Rock.

SUSANNE Hände hoch, Herr Soldat! Niederknien!

Cherubin kniet nieder und hebt seine Arme. Susanne stülpt ihm ihr Kleid über den Kopf.

SUSANNE *zu Cherubin:* Nun, mein Fräulein, wie paßt die neue Garderobe?

CHERUBIN Nicht schlecht, mein Fräulein. Die Schultern sind etwas zu eng, und die Brust ist ein bißchen flach. Haben die Damen zufällig einen Busen übrig?

SUSANNE Mein Herr, benehmen Sie sich.

CHERUBIN Aber unter Damen …

SUSANNE Die Rolle gefällt ihm. Um so besser.

CHERUBIN *übermütig, verbeugt sich vor Susanne:* Will der Herr ein Tänzchen wagen?

Cherubin nimmt Susanne und macht mit ihr ein paar Tanzschritte.

SUSANNE Was für eine zudringliche Frauensperson!

CHERUBIN *zur Gräfin:* Finden Sie nicht, meine Liebe, daß ich in letzter Zeit blaß aussehe?

GRÄFIN Ich finde, Sie sollten ausspannen, meine Liebe.

CHERUBIN Sie haben recht, meine Liebe. Diese ständigen Liebschaften ermatten mich zusehends. *Zu Susanne:* Zofe, mein linkes Auge wirkt so ungünstig.

GRÄFIN Los, Susanne, hol die Perücke.

Susanne holt die Perücke. Die Gräfin und Susanne schminken Cherubin. Grimassen, Gelächter.

CHERUBIN Etwas mehr Sinnlichkeit um den Mund, wenn ich bitten darf.

Susanne setzt Cherubin die Perücke auf.

Schon wieder Dauerwelle. Gibt's keine modernen Frisuren im Fundus?

SUSANNE Sie sind eine Schönheit, Madame.

CHERUBIN Danke, ich bin Komplimente gewohnt.
SUSANNE Direkt zum Anbeißen.
CHERUBIN Sie stehen hier halb in Unterhosen und wagen es, einer Dame …
SUSANNE Blöder Kerl! *Susanne wendet sich zum Gehen:* Ich ziehe mir nur schnell ein Kleid an. Ein Handkuß den Damen.
Susanne ab.
Die Gräfin und Cherubin sehen sich verlegen an.
Pause.
GRÄFIN Nun, junger Mann?
CHERUBIN Ja, schöne Dame?
Pause.
GRÄFIN Wie geht's zu Hause?
CHERUBIN Ich bin Waise.
GRÄFIN Ach so.
Pause.
CHERUBIN Frau Gräfin?
GRÄFIN Ja, Cherubin?
CHERUBIN Sind Sie auch verwaist?
GRÄFIN Ich bin einsam!
CHERUBIN Bekommen Sie wenig Besuch?
Pause.
GRÄFIN Was denken die einfachen Leute über mich?
CHERUBIN Sie gehorchen Ihnen, Frau Gräfin.
GRÄFIN Ach so.
CHERUBIN Darf ich etwas sagen?
GRÄFIN Ja, Cherubin?
CHERUBIN Ich kann jetzt nicht.
GRÄFIN Dann sag es später.
CHERUBIN Sie sind sehr schön, Frau Gräfin. Ich …
GRÄFIN Ja, Cherubin?
CHERUBIN Ich kann jetzt nicht.
Pause.
GRÄFIN Magst du Oliven, Cherubin?

CHERUBIN Die schwarzen oder die grünen?
GRÄFIN Die von den Bauern.
CHERUBIN Ich mag die Bauern, und ich mag die Oliven. Ich ziehe oft über die Felder.
GRÄFIN Tanzen die Burschen noch immer nach der Ernte?
CHERUBIN Sie tanzen, bis die Mädchen umfallen.
Pause.
CHERUBIN Frau Gräfin?
GRÄFIN Ja, Cherubin?
CHERUBIN Ich bin ein Diener.
GRÄFIN Ja, Cherubin?
CHERUBIN Ich bin ein junger Mensch.
GRÄFIN Ja, Cherubin?
CHERUBIN Ich bin ein junger Mann.
GRÄFIN Ja, Cherubin?
CHERUBIN Sie sind so weit entfernt.
GRÄFIN Ja, Cherubin.
CHERUBIN Kann man mit drei Schritten alles überspringen?
Es klopft.
Die Gräfin und Cherubin schauen sich ängstlich an. Stille.
GRAF *von draußen:* Warum ist hier abgesperrt?!
GRÄFIN O Gott, der Graf!
CHERUBIN Der Graf? O Gott!
GRAF *von draußen:* Öffnen Sie sofort die Tür, Madame! Warum sperren Sie sich ein?
GRÄFIN Weil, weil ich allein bin. *Zu Cherubin:* Schnell in meine Garderobe!
GRAF *von draußen:* Weil Sie allein sind? Ich höre Sie doch sprechen!
GRÄFIN Ich spreche? Natürlich, mit Ihnen.
Cherubin verschwindet in die Garderobe. Die Gräfin öffnet die Tür. Der Graf stürzt herein.
GRAF Wo ist er?
GRÄFIN Wer er?

GRAF Er! Ich hörte eine männliche Stimme.

GRÄFIN Ach, Sie meinen Susanne.

GRAF Wollen Sie mir eine Kuh für einen Stier vormachen?

GRÄFIN Sie sehen rot, Herr Graf, zu Unrecht. Ich habe mit Susanne Kleider für die Hochzeit probiert, und als sie Ihre männliche Stimme vernahm, verschwand sie schnell in meiner Garderobe.

GRAF Ich will sie sofort sehen!

GRÄFIN Meine Garderobe?

GRAF Den Inhalt!

GRÄFIN Meine Kleider? Interessieren Sie sich für Damenmode?

GRAF Machen Sie mich nicht rasend, Gräfin! Susanne, komm sofort heraus!

GRÄFIN Halt, Herr Graf! Susanne ist gerade beim Umziehen. Sie wird halb nackt sein.

GRAF Ich will sie sofort sehen!

GRÄFIN Das halbnackte Mädchen? Ein verdächtiges Interesse für meine Zofe, Herr Graf.

GRAF Es geht um die Ehre eines Grafen. Wollen Sie bitte die Dienstboten ausklammern?

GRÄFIN Es geht um die Ehre einer Gräfin. Wollen Sie bitte Ihre Nachstellungen einstellen?

GRAF Nun gut, wenn das Mädchen auch nackt ist, so kann es doch reden. Susanne, bist du in der Garderobe?

GRÄFIN Susanne, ich verbiete dir, zu antworten!

GRAF Sie machen sich höchst verdächtig, Frau Gräfin.

GRÄFIN Das wird sich zeigen.

GRAF Ich lasse die Tür mit Gewalt aufbrechen. Wollen Sie die Güte haben, mich zu begleiten? Ich werde Ihr Zimmer von außen absperren. Alles bleibt, wo es ist!

GRÄFIN Sie gehen zu weit, Graf!

GRAF Sie gehen mit, Gräfin.

Graf und Gräfin ab. Susanne kommt aus ihrem Zimmer.

SUSANNE Bei allen Brennesseln der Sierra! Mußte der Graf

ausgerechnet jetzt kommen? Das ist eine dumme Geschichte.

Cherubin wankt zitternd aus der Garderobe.

CHERUBIN Das überleb' ich nicht. Nein, das überleb' ich nicht. Wenn der Graf mich noch einmal erwischt, ende ich frühzeitig. Ich scheide aus dieser Komödie!

SUSANNE Du mußt verschwinden, Cherubin.

CHERUBIN Wohin, Susanne? Den Trick mit dem Lehnstuhl kennt der Graf schon. Hinter den Vorhängen hat er mich auch schon erwischt. In der Garderobe darf er mich nicht finden. Ha! Ich hab's! Ein Sprung aus dem Fenster!

SUSANNE Das ist zu gefährlich, Cherubin.

CHERUBIN *stellt sich ans Fensterkreuz, etwas pathetisch:* Ein bißchen Gefahr, Susanne, ist ein kleiner Preis für ein gewonnenes Leben.

SUSANNE Du kannst dir den Hals brechen, Cherubin.

CHERUBIN *geht zu Susanne, beinahe sachlich:* Sollte es tatsächlich ein Sprung in die Ewigkeit werden, so brauch' ich vorher eine kleine Wegzehrung.

Er küßt Susanne innig und geht wieder ans Fenster.

CHERUBIN Sag der Frau Gräfin …

DIENER *von draußen, seine Stimme kommt näher:* Seine Exzellenz, der besonders wohlgeborene Graf von Almaviva …

Cherubin springt. Susanne stürzt zum Fenster.

SUSANNE Er hat's geschafft. So ein mutiger Kerl. Herr Graf, jetzt können Sie die Garderobe stürmen!

Susanne verschwindet in der Garderobe. Der Diener, Graf und Gräfin auf.

DIENER … Herr über zweihundert Rinder und Mägde. Großcomptur von …

GRAF Sie bleiben also bei Ihrer Weigerung, die Tür freiwillig zu öffnen?

GRÄFIN Sie bleiben also bei Ihrer Zumutung, mit Gewalt einzudringen?

GRAF *zum Diener:* Vorwärts, Brecheisen. Tritt die Tür ein.
Der Diener neigt den Kopf und will gegen die Tür anrennen.

DIENER Seine Exzellenz, der besonders wohlgeborene Graf …

GRÄFIN Halt, Herr Graf. Hinter dieser Tür befindet sich Susanne. So glauben Sie mir doch.

GRAF Warum so aufgeregt, Frau Gräfin?

GRÄFIN Susanne wirkt vielleicht etwas verändert.

GRAF So, so. Verändert.

GRÄFIN Doch, doch. Etwas herber als sonst.

GRAF So, so. Herb.

GRÄFIN Doch, doch. Vielleicht scheinen Ihnen ihre Schultern etwas breiter …

GRAF So, so. Breite Schultern.

GRÄFIN … und ihre Stimme etwas tiefer als üblich …

GRAF So, so. Tiefe Stimme. Das ist die Beschreibung eines Mannes, Madame. Vorwärts, Brecheisen.

GRÄFIN Halt. Dieser Mann ist eine Frau. Ich meine, diese Frau ist ein Mann.

GRAF Was reden Sie?

GRÄFIN Schonen Sie ihn! Er ist unschuldig!

GRAF Also doch! Vorwärts, Brecheisen!
Der Diener läuft – mit dem Kopf voran – gegen die Tapetentür. Susanne öffnet sie von innen. Der Diener läuft durch und kracht gegen einen Kasten in der Garderobe. Stille.
Der Diener wankt aus der Garderobe.

GRAF Nun? Wer ist im Zimmer?!

DIENER *wie betrunken:* Seine Exzellenz, der besonders wohlgeborene Graf von Almaviva, Herr über …
Der Diener fällt um.

GRAF Trottel!
Susanne kommt trällernd aus der Garderobe.
Susanne?

GRÄFIN Susanne?

SUSANNE *mit einem Blick auf den Diener:* Mit Verlaub, Herr Graf, aber Ihr solltet Eure Diener etwas vorsichtiger durch die Gegend werfen.

GRAF *stürzt in die Garderobe:* Hier muß noch jemand versteckt sein.

SUSANNE *zur Gräfin, leise:* Keine Angst, Frau Gräfin, Cherubin ist aus dem Fenster gesprungen.

GRÄFIN Ave Maria, ich danke dir. Mir fällt ein Diamant vom Hals.

Der Graf kommt aus der Garderobe.

GRAF Nichts! Nichts als Mode! *Zur Gräfin:* Aber Sie selbst sagten doch ...

GRÄFIN ... daß Sie zu weit gegangen sind, mein Herr.

GRAF Ihre Weigerung, die Tür zu öffnen ... die männliche Stimme ... die breiten Schultern ... ich hatte Grund zur Annahme ...

GRÄFIN Sie haben Grund, sich zu entschuldigen. Aber ich werde diese Entschuldigung nicht annehmen.

GRAF Madame, ich bitte Sie. Machen Sie keinen Skandal. Die Sache ist mir selbst sehr peinlich.

GRÄFIN Es ist Ihnen peinlich?

GRAF Es tut mir leid.

GRÄFIN Wie leid, Herr Graf? Werden Sie in Zukunft weniger an Ihre Eitelkeit und mehr an mich denken?

GRAF Habe ich jemals meine Pflicht ...

GRÄFIN Von Ihrer Neigung rede ich und nicht von Ihrer Pflicht, mein Gemahl.

GRAF Müssen Sie ausgerechnet jetzt solche privaten ...

Es klopft.

FIGARO *von draußen:* Ist alles vorbereitet, meine Damen?

Der Graf reißt die Tür auf. Figaro erblickt den Grafen.

GRAF Was soll vorbereitet sein?

FIGARO Oh, was muß nicht alles vorbereitet werden für eine Hochzeit? Die Kleidchen und Maidchen, die Grübchen und Zübchen, die Bänder und Fänder ...

GRAF Schwätzer! Was hast du in diesem Zimmer zu suchen?

FIGARO Oh, was sollte ein Bräutigam am Tage seiner Hochzeit anderes suchen als seine Braut? Susanne geht in jenes Zimmer, tandaradei, ich hinterher. Susanne geht in dieses Gemach, tandaradei, ich nach. Das Glück, Herr Graf, hat mich ganz tandaradei gemacht.

GRAF Schwätzer!

GRÄFIN Der Arme ist ganz durcheinander, mein Gemahl. Eröffnen Sie endlich die Zeremonie. Die Hochzeit soll ihren Lauf nehmen.

GRAF Ich verfüge ... *für sich:* ... Zeit gewinnen, Marcelline muß jeden Moment hier sein ... ich verfüge ... *Macht dem Diener ein Zeichen.*

DIENER Seine Exzellenz, der besonders wohlgeborene Graf von Almaviva ...

Es klopft.

GRAF *für sich:* Das ist sie! *Zum Diener:* Öffne!

DIENER *geht auf die Tür zu:* ... Herr über zweihundert Rinder und Mägde, Großcomptur von ...

Antonio, der Gärtner, reißt die Tür auf. Die Tür knallt gegen den Diener, er fällt um. Antonio ist betrunken und hat die Perücke Cherubins auf.

ANTONIO Everybody okay? *Antonio sieht den am Boden liegenden Diener* Ein Vivat der Gemütlichkeit!

GRAF Der Kerl ist von Sinnen!

ANTONIO Antonio, mein Beruf. Gärtner, mein Name. Von hinnen und doch nicht von Sinnen. Prost, Frau Gräfin, Prostata, Herr Graf.

GRAF Abführen!

Der Diener steht mühsam auf und torkelt auf Antonio zu. Antonio torkelt auf ihn zu und umarmt ihn. Stummfilmgroteske!

ANTONIO *singt:* Ein Vivat der Gemütlichkeit!

GRAF So was ist mir noch nicht vorgekommen!

ANTONIO Nichttrinker, was? Die Diener zum Fenster hinauswerfen, aber den Alkohol meiden, das hat man gerne. Ich sage immer, Antonio sage ich, du sollst Grafen und Mütter ehren ...

GRAF Schluß, sage ich!

ANTONIO Jawohl, Schluß! *Geht zum Fenster.* Wenn der Kerl ins Unkraut gefallen wäre, bitte, aber sechzehn junge unschuldige Tulpen mit einem Schlag ... platsch, ausgelöscht!

GRAF Was redet der Trunkenbold?!

ANTONIO Du kaltes Herz, fühlst du nicht des Gärtners Schmerz? Was für eine eiskalte Einstellung zum Grünzeug! O Mensch, o Graf!

GRAF Hinaus!

ANTONIO Demnächst! Gestatten Sie, daß ich vorher noch einen letzten tragischen Blick auf die jungen Leichen werfe?

Der Graf läuft zum Fenster und schaut in den Garten.

GRAF Wer hat die Blumen unter diesem Fenster zerstört?

ANTONIO Jetzt fragst du doch, warum mein Herz sich bang in meinem Busen klemmt? Erschüttert, was?

GRAF Aus dem ist nichts rauszubringen. *Zu Susanne:* Was ist hier hinuntergefallen, Susanne?

ANTONIO Ich bin zuständig. Es war eine Dame in Frauenkleidern ... vielmehr ein Herr in Damenkleidern ... vielmehr ...

SUSANNE Jetzt wird's brenzlig.

FIGARO Glaubt kein Wort, Herr Graf. *Zu Antonio:* Antonio, wieviel ist drei mal drei?

ANTONIO Siebzehn ... siebzehn und vier.

FIGARO Ihr seht, Herr Graf, total besoffen!

GRAF Aber der zerstörte Garten ...

FIGARO Eine Ente, Herr Graf.

GRAF Eine Ente?

FIGARO Ja, eine dicke Ente.

GRAF Eine dicke Ente?

FIGARO Ja, fast ein Geier.

GRAF Fast ein Geier?

FIGARO Abgestürzt!

GRAF Abgestürzt?

FIGARO Ja. Schrecklich, was?

ANTONIO Halt! Ein Geier mit Perücke? Wohl besoffen, Herr Figaro? Hier, geben Sie Ihrem Geier seine Haare wieder. *Er gibt Figaro die Perücke:* Und sagen Sie dem Vogel einen schönen Gruß, und wenn er noch einmal ...

GRAF Wem gehört diese Perücke?

GRÄFIN Sie gehört mir, mein Gemahl. Die Sache ist schnell aufgeklärt. Ich war ihrer überdrüssig und warf sie zum Fenster hinaus.

GRAF Eine Perücke zerstört noch keinen Garten, Frau Gräfin.

FIGARO Aber ein betrunkener Gärtner, Herr Graf.

ANTONIO Ich verbitte mir diese Anspielungen auf meine unschuldige Person. Skandalös!

GRAF Was willst du damit sagen, Figaro?

FIGARO Daß alles logisch ist, Herr Graf. Die Frau Gräfin hat die Perücke in den Garten geworfen, der Gärtner hat sie dort gefunden. In seiner Trunkenheit hat er dabei die Blumen zertreten.

ANTONIO Der lügt schneller, als ich denken kann.

GRAF *zu Figaro:* Sagtest du nicht vorher etwas von einem Geier?

FIGARO Ein Geier, Herr Graf?

GRAF Ja, eine Ente!

FIGARO Eine Ente?

GRAF Ja, eine dicke Ente!

FIGARO Eine dicke Ente?

GRAF Abgestürzt!

FIGARO Abgestürzt?

GRAF Mein lieber Schwan!

ANTONIO Halt! Ein abgestürzter Schwan? Das geht zu weit. Hier sind ja alle betrunken.

Der Diener hat sich inzwischen wieder aufgerafft. Antonio umarmt ihn.

ANTONIO Komm Bruderherz, meiden wir diesen Ort der Verwirrung ... ein Geier mit Perücke ... eine abgestürzte Ente ... schrecklich, was die Leute in ihrem Rausch zusammenreden ... Antonio, sage ich immer ... nie über den Durst trinken ... nobody is perfect.

Antonio und der Diener torkeln ab.

GRAF Der Kerl wird bestraft. Aufs ärgste.

GRÄFIN Nach der Hochzeit, mein Gemahl. Geben Sie endlich Ihre Zustimmung.

Figaro und Susanne knien schnell vor dem Grafen nieder.

GRAF Ich verfüge ...

FIGARO Meine Susanne!

SUSANNE Mein Figaro!

Es klopft.

FIGARO Wieder nichts! Diese Komödie ist eine Tragödie.

Bazillus tritt ein und schleicht auf den Grafen zu.

BAZILLUS *leise zum Grafen:* Die Intrige ist soeben eingetroffen.

GRAF Bestens! *Laut:* Treten Sie näher, Marcelline!

Marcelline auf.

SUSANNE Die Großmutter!

FIGARO Jetzt wird's gefährlich ...

GRAF Liebe Marcelline! Haben Sie etwas gegen die Verbindung meines Dieners Figaro mit der Zofe Susanne vorzubringen?

MARCELLINE Ich habe, Herr Graf.

GRAF *zu Bazillus:* Erstklassige Arbeit, Schurkenkopf.

BAZILLUS Wenn Sie die kurzen Liefertermine bedenken ...

GRAF Bringen Sie vor, Marcelline.

MARCELLINE *zeigt auf Figaro:* Ich habe diesem Herrn dreihundert Goldstücke geborgt.

FIGARO Ich weiß.

MARCELLINE Unter der Bedingung ...

FIGARO Ich weiß nicht ...

MARCELLINE Mich zu heiraten.

FIGARO Keine Ahnung. Herr Graf, es stimmt, diese Dame hat mir dreihundert Goldstücke geborgt.

GRAF Unter der Bedingung?

FIGARO Sie wieder zurückzugeben. Ein ganz normaler Handel.

MARCELLINE Er lügt, Herr Graf. Ich habe ein Anrecht ...

FIGARO Auf dreihundert Goldstücke.

MARCELLINE Auf dich, Figaro! Ich werde dir immer eine liebende Frau und deinen Kindern eine gute Mutter sein.

SUSANNE Direkt hemmungslos, diese Person.

FIGARO Nie, Herr Graf, habe ich derartiges ...

GRAF Wie dem auch sei, die Sache gehört vor ein ordentliches Gericht. Die Hochzeit ist bis auf weiteres verschoben. Ich übernehme den Vorsitz der Verhandlung. *Zu Bazillus:* Los, Bazillus, präpariere den Audienzsaal und die Zeugen. *Zu Marcelline:* Kommen Sie, Marcelline, vertrauen Sie der Gerechtigkeit! *Graf, Bazillus und Marcelline ab.*

Figaro, Susanne und Gräfin allein.

SUSANNE Eins zu null für den Grafen.

GRÄFIN Es tut mir leid für euch.

FIGARO Nicht verzagen, Figaro fragen.

SUSANNE Du weißt einen Ausweg?

FIGARO Erstens: Noch ist nicht aller Tage Abend, zweitens: der Graf kocht auch nur mit Wasser, und drittens: die Liebe macht erfinderisch.

SUSANNE Sprichwörter, Figaro.

GRÄFIN Sprich weiter, Figaro.

FIGARO Erstens: Noch ist nicht aller Tage Abend, noch hat die Verhandlung nicht stattgefunden. Susanne, du gehst sofort zum Grafen und gibst ihm ein Rendezvous, unter der Bedingung ...

SUSANNE ... daß nichts passiert!

FIGARO ... daß er sich als Richter milde zeigt!

GRÄFIN Da ihm mehr an Susanne als an Marcelline liegt, wird er drauf eingehen.

FIGARO Und wenn er nachts zur vereinbarten Stelle kommt ...

GRÄFIN Nach allem, was passiert ist, müssen wir Cherubin aus dem Spiel lassen ...

FIGARO Und Euch ins Spiel nehmen. Frau Gräfin! Ihr müßt in Susannes Kleidern stecken. Stellt Euch die Liebesschwüre des Herrn Grafen vor. *Figaro kniet nieder.* Geliebte, laß mich emporklettern zu den Gipfeln meiner Sehnsucht ... Ihr könnt ihn bei frischer Untreue ertappen!

GRÄFIN Die Vorstellung gefällt mir ausgezeichnet.

FIGARO Das war Nummer zwei. Der Graf kocht im eigenen Wasser.

SUSANNE Und Nummer drei? Die Liebe macht erfinderisch?

FIGARO Drei bezieht sich auf eins und zwei.

SUSANNE *küßt ihn kurz auf die linke Wange:* Und das bezieht sich auf deinen Mut. *Küßt ihn kurz auf* die *rechte Wange:* Und das auf deinen Witz. *Sie küßt ihn auf die Stirne:* Und das auf deine Klugheit.

FIGARO *küßt Susanne auf die Lippen:* Und das auf deine Schönheit!

GRÄFIN Was für ein Paar!

Umbau

Ende des zweiten Aktes. Cherubin und der Gärtner spannen das große Tuch vor die Kiste. Die Gräfin singt ein Lied.

GRÄFIN

Ich bin allein und sehe

den Tag und die Nacht und den Tag.
Sie gehen an mir vorüber,
wie Dinge, die ich nicht mag.
Erinnerst du dich an den Morgen?
Dein Lachen floß wie der Wein.
Mein Gesicht war in deinem geborgen;
jetzt bin ich allein.
Erinnerst du dich an den Mittag?
An den heißgebrannten Stein?
Der Fluß nahm ihn auf und lachte;
jetzt bin ich allein.
Erinnerst du dich an den Abend?
Wir trugen die Trauben herein.
Ich biß sie dir aus den Lippen;
jetzt bin ich allein.
Erinnerst du dich an die Nacht?
Mein Mund war überall dein.
Du hast mir den Mond vom Himmel gebracht;
jetzt bin ich allein.
Ich bin allein und sehe
den Tag und die Nacht und den Tag.
Sie gehen an mir vorüber,
wie Dinge, die ich nicht mag.

Dritter Akt

Der Audienzsaal des Schlosses. Zwei Truhen, mehrere Stühle usw. Der Graf und Bazillus sind auf der Bühne. Es klopft. Bazillus verschwindet auf einen Wink des Grafen in der Truhe.

GRAF *ruft:* Ein Diener oder eine Person?

SUSANNE *von draußen:* Eine dienende Person.

GRAF Vorwärts!

Susanne auf.

SUSANNE Mit Verlaub, Herr Graf. Frau Gräfin lassen dem Herrn Grafen sagen, daß Frau Gräfin dem Herrn Grafen etwas sagen möchte.

GRAF Und was läßt mir die Gräfin sagen?

SUSANNE Das hat mir die Gräfin nicht gesagt.

GRAF Du kommst also her, um mir zu sagen, daß mir die Gräfin sagen läßt, sie möchte mir etwas sagen, was du mir nicht sagen kannst?

SUSANNE Darf ich etwas sagen, Herr Graf? Daß mir die Gräfin sagen läßt, sie möchte Euch etwas sagen, hat nichts zu sagen.

GRAF Was willst du damit sagen?

SUSANNE Ich kam Euretwegen, Herr Graf.

GRAF Ein Vorwand also.

SUSANNE Ein Vorwand in Form einer Vorrede, gewissermaßen.

GRAF Nun, Susanne?

SUSANNE *scheinbar verlegen:* Nun, Herr Graf …

GRAF Was willst du mir sagen?

SUSANNE Was ich bis jetzt nicht sagen konnte.

GRAF Wieder ein Vorwand?

SUSANNE Eine Vorsicht. Als Ihr mir heute Eure Absichten auf meine Person eröffnet habt …

GRAF Warst du sehr abweisend, Susanne.

SUSANNE Wie konnte ich anders. Cherubin war unterm Lehnstuhl. Aber vielleicht kann ich jetzt anders.

Der Graf geht auf Susanne zu.

GRAF Du stimmst also zu? Superb, superb ...

Susanne entzieht sich dem Grafen.

SUSANNE Wie gefällt Ihnen der Park um Mitternacht?

GRAF Ausgezeichnet, mein Kind. Ich werde pünktlich sein. Ich erwarte dich halb angezogen und ganz gewaschen. Und kein Wort zu Figaro!

SUSANNE Oh, ich sage ihm alles!

GRAF Was?

SUSANNE Was er wissen darf. Den Rest, den verschweige ich.

GRAF Was für ein witziger Leckerbissen. Almaviva, ich gratuliere dir zu dieser Delikatesse.

SUSANNE Noch ist das Fräulein nicht vernascht, Herr Graf.

GRAF Susanne, ich warne dich. Kein Rendezvous, keine Hochzeit.

SUSANNE Und umgekehrt: keine Hochzeit, kein Rendezvous. Herr Graf, ich danke Euch.

GRAF Superb, superb ...

Der Graf ab. Figaro steigt aus einer Truhe.

FIGARO *macht den Grafen nach:* Superb, superb ... ich habe alles verstanden. Es läuft und läuft und läuft und läuft. Direkt superb, wie sich der Graf in der eigenen Schlinge fängt.

SUSANNE Der Prozeß ist so gut wie gewonnen, Figaro.

FIGARO Und das Mädchen dazu!

Figaro umarmt Susanne.

SUSANNE *lachend, abwehrend:* Plumper Kater!

FIGARO Schnöde Katze!

SUSANNE *ernst:* Oh, Figaro, wenn wir immer zusammenhalten, wird alles gut werden.

Figaro umarmt Susanne.

SUSANNE Mußt du schon wieder ...?

FIGARO Du sagtest doch, man müßte immer …

SUSANNE Was?

FIGARO Zusammenhalten!

Die beiden gehen lachend ab.

Bazillus steigt aus der nächsten Truhe.

BAZILLUS Superb, superb … ich habe alles verstanden. Intrigen, wohin man hört. Ich muß sofort den Grafen informieren.

Der Graf auf. Herr Graf, ich melde eine neue Intrige.

GRAF Habe ich eine bestellt?

BAZILLUS Die Konkurrenz ist am Werk, Herr Graf. Als Ihr Euch mit Susanne über ein gewisses Thema unterhalten habt …

GRAF Hast du alles mitgehört.

BAZILLUS Ebenso Figaro!

GRAF Figaro ebenso?

BAZILLUS Während ich in dieser Truhe lag, lag er in jener.

GRAF Dann hat er alles mitgehört?

BAZILLUS Während er aus jener Truhe stieg, blieb ich in dieser.

GRAF Dann hast du alles mitgehört?

BAZILLUS Wenn ich in kurzen Worten wiedergeben darf. Figaro stieg aus der Truhe und sagte »superb«.

GRAF Das habe ich beim Abtritt gesagt.

BAZILLUS Und er beim Auftritt.

GRAF Die reinste Komödie.

BAZILLUS Dann sagte Figaro zu Susanne, das hast du gut gemacht, dann sagte Susanne zu Figaro, der Prozeß ist so gut wie gewonnen, dann sagte Figaro zu Susanne schnöde Katze, dann sagte Susanne zu Figaro plumper Kater, dann …

GRAF Ein abgekartetes Spiel!

BAZILLUS Total abgekartet!

GRAF Und ich dachte, Susanne spricht mit aufrichtiger Zuneigung. Was kann man von der Dienerschaft anderes erwarten als Falschheit. Sofort eine Gegenintrige, Bazillus.

BAZILLUS Ihr müßt Figaro verurteilen lassen, Herr Graf.

GRAF Und wie komme ich dann zu Susanne?

BAZILLUS Mit der nächsten Intrige. Susanne wird Euch bitten, Figaro nicht mit Marcelline zu verheiraten. Sie wird Euch anflehen, das Urteil aufzuheben. Ihr sagt ja.

GRAF Ich sage nein.

BAZILLUS Ihr sagt ja, unter der Bedingung, daß sie zu Euren Bedingungen ja sagt.

GRAF Und wie lauten meine Bedingungen?

BAZILLUS Bedingungslose Unterwerfung, noch vor der Hochzeit.

GRAF Bravo, Schurkenkopf. Das ist eine Intrige, wie sie im Buche steht.

BAZILLUS Kleine Intrigenkunde, Vierter Band, die Haus- und Hofintrige.

GRAF Wer schreibt solche Bücher?

BAZILLUS Herr Caron de Beaumarchais aus Paris.

GRAF Ein Edelmann? Kann er sich keinen eigenen Intriganten leisten?

Don Guzman di Stibizia, der Ortsrichter, und Zettelkopf, sein Diener, treten auf.

DON GUZMAN Don Guzman di Stibizia, Diener der Gerechtigkeit mit Diener.

ZETTELKOPF Zettelkopf, zu dienen.

GRAF *zu Guzman:* Warum braucht ein Diener einen Diener?

DON GUZMAN Weil ein Diener den Herrn macht, Herr Graf!

GRAF Wenn er ein Herr ist, warum nennt er sich dann Diener? Diener der Gerechtigkeit?

DON GUZMAN Weil ich als Diener an der Gerechtigkeit verdiene, während ich sie als Herr bezahlen müßte.

GRAF Nun gut, Herr Richter. Sie wissen, was Sie zu tun haben? Der Prozeß läuft folgendermaßen. Ich führe den Vorsitz und wahre den Anschein der Gerechtigkeit, und Sie verurteilen Figaro, unter allen Umständen.

DON GUZMAN Ich verstehe, die Gerechtigkeit wird unter allen Umständen gewahrt.

GRAF *zu Bazillus:* Er versteht mich nicht ...

BAZILLUS *macht das Geldzeichen:* Ihr müßt etwas mehr Verständnis zeigen ...

GRAF Ich verstehe, 30 Gulden in bar.

ZETTELKOPF Notiere 30.

DON GUZMAN Ich verstehe, die Gerechtigkeit wird unter allem Anschein gewahrt. Das erfordert eine Menge Mehrarbeit. Dreifache Dehnung der Paragraphen, vierfache Umdrehung des Wortlautes, fünffache Verdrehung des Sachverhaltes ...

GRAF Reden Sie nicht so viel. Machen Sie einen Kostenvoranschlag.

DON GUZMAN Ein normales Urteil kommt in der Regel auf ...

GRAF 50 Gulden auf die Hand ohne Quittung, einverstanden?

ZETTELKOPF Notiere 50.

DON GUZMAN Das wäre allerdings die einfachste Ausführung. Mit Einspruchsrecht et cetera. Ein sehr gutes Urteil hingegen ...

GRAF 60 Gulden und basta.

ZETTELKOPF Notiere 60.

DON GUZMAN ... ist bereits wesentlich stabiler, wenn es auch nicht an die Sonderausführung mit falschen Zeugenaussagen, erstklassigen Meineiden und allem Drum und Dran heranreicht.

GRAF 100 Gulden, mein letztes Wort.

DON GUZMAN Gratuliere, Herr Graf. Ich darf noch hinzufügen, daß diese exquisite Form des Urteils besonders bei Hofe reißenden Absatz findet. Herr Graf haben Geschmack.

ZETTELKOPF *reicht dem Grafen Papier und Feder:* Zu dienen, Exzellenz.

GRAF Was will dieser Diener eines Dieners?

BAZILLUS Dieser Afterdiener!

DON GUZMAN Der Bestellschein. Eine Formsache, Herr Graf.

GRAF *liest* Ein Urteil in Sonderausführung, hundert Gulden. Plus zehn Prozent Intrigantensteuer, zehn Gulden. Rechtsbeugungstaxe, in Klammern stempelpflichtig, fünfzehn Gulden. Verdrehungs- und Verschleierungszulage, elf Gulden. Anteiliger Gewissensschwund, zweifünfzig. Summa summarum, hundertachtunddreißigfünfzig. Was soll das?

DON GUZMAN Die Extras sind im Preise nicht inbegriffen, wenn ich bemerken darf.

GRAF Ich darf bemerken, daß Sie mir teuer zu stehen kommen, Herr Richter.

DON GUZMAN Ich darf hinzufügen, daß eine erstklassige Gerechtigkeit ihren Preis hat, Herr Graf.

Der Graf nimmt die Feder.

DON GUZMAN Zu dienen, Herr Graf.

ZETTELKOPF Zu Füßen, Herr Graf.

Der Graf unterschreibt.

GRAF Presto, presto, Sie erstklassiger Richter. Walten Sie Ihres bezahlten Amtes. Richten Sie alles für die Verhandlung her. Figaro, jetzt hängst du in der Schlinge. Das Urteil lautet …

BAZILLUS Ehestand mit Marcelline. Lebenslänglich.

GRAF Und die Aufhebung des Urteils kostet …

BAZILLUS Die sofortige Hingabe Susannes. Hinlänglich.

GRAF Gulden und Gerechtigkeit. Die Justiz macht Spaß!

Der Graf und Bazillus ab.

ZETTELKOPF Eine gute Kundschaft.

DON GUZMAN Ein guter Abschluß. Hundertvierzig Kröten, brutto gleich netto.

ZETTELKOPF Verzeiht, brutto gleich brutto.
DON GUZMAN Verdammt, brutto gleich netto.
ZETTELKOPF Verflixt, brutto gleich brutto.
DON GUZMAN Verflucht, brutto gleich netto.
Zettelkopf reicht dem Richter Papier und Feder.
DON GUZMAN Was soll das?
ZETTELKOPF Die Provisionsabrechnung. Folgende Posten werden vom Bruttopreis abgezogen und an den Schreiber Zettelkopf überwiesen. Zehn Prozent Schweigegeld, macht dreizehnfünfundachtzig. Vertuschungszulage und Gewerkschaftsbeitrag, elf Gulden.
DON GUZMAN Seit wann zahlt der Unternehmer die Gewerkschaft?
ZETTELKOPF Ein stillschweigendes Verfahren, Herr Richter.
DON GUZMAN Gut. Und warum berechnest du den anteiligen Gewissensschwund höher als ich?
ZETTELKOPF Was macht es, wenn ein Herr sein Gewissen verliert? Einem Diener kommt es teuer zu stehen.
DON GUZMAN Zettelkopf, wo hat er nur seine Geldgier her?
Don Guzman nimmt die Feder.
ZETTELKOPF Zu dienen, Herr Richter.
Don Guzman unterschreibt.
ZETTELKOPF Zu Füßen, Herr Richter.
Marcelline und Bartholo treten auf.
DON GUZMAN *verbeugt sich:* Zu dienen, verehrte Dame. Don Guzman di Stibizia, Diener der Gerechtigkeit mit Diener.
ZETTELKOPF Zettelkopf, zu dienen.
MARCELLINE Ah, der Richter. Ich suche Sie schon überall. Herr Richter, Sie müssen mir zu meinem Recht verhelfen.
DON GUZMAN Wenn Ihr Recht nicht das Unrecht eines andern ist?
ZETTELKOPF *leise:* Kundschaft, Herr Richter.

MARCELLINE Das ist mein Anwalt, Doktor Bartholo.

DON GUZMAN Ah, ein Kollege. Justus schnustus vibus bibus?

BARTHOLO Sosolala.

DON GUZMAN Habemus interessum percentum?

BARTHOLO Percentum habemus interessum!

DON GUZMAN Ventum percentum?

BARTHOLO Quarantum percentum!

DON GUZMAN Trentum percentum. Basta zasta.

BARTHOLO Bonum.

DON GUZMAN Punktum.

MARCELLINE Was reden die Herren? Das kommt mir spanisch vor.

ZETTELKOPF Lateinisch, zu dienen.

DON GUZMAN *zu Marcelline:* Was kann ich für Sie tun, meine Dame?

MARCELLINE Ich will Figaro heiraten, das ist alles.

DON GUZMAN Haben Sie ein schriftliches Heiratsversprechen?

MARCELLINE Alles, was ich habe, ist dieser Schuldschein. Und das Versprechen des Herrn Grafen.

DON GUZMAN *nimmt das Papier:* Ein gewisser Herr Figaro schuldet Ihnen dreihundert Gulden. Kein Zusatz.

BARTHOLO Und wenn man einen Zusatz bezüglich der Heirat zusätzlich hinzusetzen würde, Herr Kollege?

DON GUZMAN Ein solcher Zusatz würde zusätzliche Kosten verursachen, Herr Kollege.

MARCELLINE Sagen Sie einen Preis.

DON GUZMAN Da hätten wir den einfachen, aber anfechtbaren Zusatz, für 30 Gulden.

ZETTELKOPF Notiere 30.

BARTHOLO Ich würde zu einer etwas besseren Ausführung raten, Madame.

DON GUZMAN Ganz meine Meinung, Herr Kollege. In diesem Falle käme der beeidete Zusatz, auch Doppelfälscher genannt, in Frage. 60 Gulden.

ZETTELKOPF Notiere 60.

MARCELLINE Was meinen Sie, Doktor Bartholo?

BARTHOLO Ich meine, Sie sollten zugreifen, Madame. Dieser Zusatz erscheint mir zuverlässig und nicht zu auffallend.

MARCELLINE Also gut, 60 Gulden.

DON GUZMAN Gratuliere, gnädige Frau. Ich darf noch hinzufügen, daß diese Form des Zusatzes bei Damen der höchsten Gesellschaft reißenden Absatz findet. Madame haben Geschmack.

MARCELLINE *zahlt sofort:* Meine Herren, ich lege mein Schicksal in Ihre Hände.

DON GUZMAN Vertrauen Sie der Gerechtigkeit.

Marcelline wendet sich zum Gehen.

BARTHOLO Mein Anteil, Herr Kollege.

Don Guzman steckt Bartholo Geld zu.

DON GUZMAN Salve, Herr Kollege.

BARTHOLO Salvissimo, Herr Kollege.

Marcelline und Bartholo ab.

Figaro auf.

DON GUZMAN Stehen Sie in irgendeinem Zusammenhang mit diesem Prozeß, junger Mann?

FIGARO In jedem, mein Herr. Ich bin der Beklagte.

DON GUZMAN Vortrefflich, mein Herr. *Zu Zettelkopf*: Die nächste Kundschaft. *Zu Figaro*: Welches Urteil schwebt Ihnen so vor, wenn ich fragen darf?

FIGARO Ein gerechtes!

ZETTELKOPF Notiere?

DON GUZMAN Schon, schon, mein Herr. Aber ich meine die Ausführung …

FIGARO Schriftlich und stichhaltig!

ZETTELKOPF Notiere?

DON GUZMAN Schon, schon, mein Herr aber ich meine die Zeugenaussagen …

FIGARO Wahrhaftig!

ZETTELKOPF Notiere?

DON GUZMAN Mein Herr, Sie wollen mich nicht verstehen. Ich biete Ihnen ein modernes dynamisches Urteil zu vernünftigen Preisen.

FIGARO Und ich vertraue auf die gute alte Gerechtigkeit. Die ist gratis.

DON GUZMAN Der ist schuldig.

ZETTELKOPF Oder arm.

DON GUZMAN Dann erst recht.

Figaro ab.

Bazillus kurz auf.

BAZILLUS Mein Herr Graf läßt fragen, ob alles bereit sei.

DON GUZMAN Alea jacta est.

ZETTELKOPF Mein Herr Richter läßt sagen, daß alles soweit sei.

Allgemeiner Auftritt, Graf, Marcelline, Bartholo, Figaro, Diener.

Alle haben Platz genommen.

Der Graf steht auf.

Alle stehen auf.

Der Graf setzt sich.

Alle setzen sich.

Bazillus reicht dem Grafen einen Zettel.

GRAF *liest:* Bestellschein. Ein Urteil in Sonderausführung ... *Zu Bazillus:* Idiot! Ich erkläre die Verhandlung für eröffnet. *Zu Guzman:* Anfangen!

DON GUZMAN *zu Zettelkopf:* Anfangen!

ZETTELKOPF *zum Gerichtsdiener:* Anfangen!

DON GUZMAN Wir schreiten zur Vorlesung der Anklageschrift.

ZETTELKOPF *nimmt ein Aktenstück und liest:* In der Strafsache Bgl. Z. 234, Schrägstrich 22 b-1234, Nr. 43, 5c bis 87, 8 f., Verord. lf. Nr. 3 456 789 ...

GRAF *zu Guzman:* Et cetera!

DON GUZMAN *zu Zettelkopf:* Et cetera!

ZETTELKOPF Et cetera! Die klagende, beklagenswerte Marcelline Krautmesser y Barbara y Fiorita y Benedetta y Mandolina y Nicolina y Pepperina y Carmen, mündige Jungfrau ...

STIMME Einspruch!

GRAF *zu Guzman:* Ruhe!

DON GUZMAN *zu Zettelkopf:* Ruhe!

ZETTELKOPF *zum Gerichtsdiener:* Ruhe!

DIENER Silentium, wenn ich bitten darf.

ZETTELKOPF *liest:* Die klagende, beklagenswerte Marcelline Krautmesser y Barbara y Fiorita y Benedetta y Mandolina y Pepperina y Carmen ... bla ... bla ... bla gegen den kläglichen Beklagten Figaro y ... hier fehlt Zuname.

FIGARO Figaro.

DON GUZMAN Und der Vorname?

FIGARO Figaro.

DON GUZMAN Wollen Sie mich hochnehmen, Herr?

FIGARO Das läge tief unter meinem Witz, Herr.

GRAF Der Kerl fühlt sich ja sehr sicher. *Zu Don Guzman:* Weitermachen!

DON GUZMAN Weitermachen! *Zu Figaro:* Ihr Stand?

FIGARO Ein Zufall.

DON GUZMAN Seit wann ist der Zufall ein Stand?

FIGARO Seit der Stand ein Zufall ist. Denn wäre ich zufällig in einem feineren Bett geboren, so wäre ich zufällig ein Edelmann und hätte zufällig genug Geld, den Zufall der Gerechtigkeit etwas weniger zufällig zu machen.

GRAF *zu Guzman:* Schluß, sage ich!

DON GUZMAN *zu Zettelkopf:* Schluß, sage ich!

DIENER *zu Figaro:* Jetzt reicht's!

ZETTELKOPF *liest weiter:* Wegen Einspruchserhebung der obgenannten mündigen Jungfrau Marcelline Krautmesser y Barbara y Fiorita y ... y ... y ... y ... Carmen gegen die Eheschließung des obgenannten Figaro.

Die soeben obgenannte mündige Jungfrau Marcelline

wird vertreten durch den edlen, hochedlen, besonders edlen Doktor Bartholo.

Bartholo steht auf, verbeugt sich und setzt sich wieder.

ZETTELKOPF Der ebenfalls obgenannte Figaro ... *Figaro steht auf und setzt sich:* ... wird vertreten durch den soeben genannten Figaro.

Figaro steht auf.

FIGARO Was auf gut spanisch heißt, daß ich mich selbst vertrete.

BARTHOLO Ich erhebe Einspruch. Er braucht einen Rechtsbeistand. Alles andere ist wider den Gebrauch.

FIGARO Dieser Brauch, edler, hochedler, besonders edler Doktor Bartholo, ist oft nur ein Mißbrauch. *Zum Gericht:* Was hilft mir die Hilfe eines Advokaten, der sich in den weichen Rundungen der Paragraphen weit wohler fühlt als auf dem harten Boden der Tatsachen. Der mir den kalten Schweiß auf seiner Stirne für den Ausdruck seiner Überzeugung verkauft. Der die Länge seines Plädoyers an der Höhe seines Verdienstes mißt. Mit diesen Herren, meine Herren, verhält es sich wie mit allen Herren, meine Herren, die den Gestank ihrer Seele mit dem feinen Damast ihres Kleides zu veredeln trachten.

GRAF *zu Guzman:* Unerhört!

DON GUZMAN *zu Zettelkopf:* Unerhört!

ZETTELKOPF *zum Gerichtsdiener:* Unerhört!

DIENER Bedenklich.

FIGARO Erlauben Sie, daß ich meinen Fall mit wenigen Worten ...

DON GUZMAN Das waren schon zu viele Worte. Als Angeklagter haben Sie nur zu reden, wenn Sie gefragt werden.

FIGARO Der Angeklagte schweigt. Als Anwalt des Angeklagten möchte ich bemerken ...

DON GUZMAN Ich stelle fest, daß ihre ständigen Bemerkungen den Lauf der Verhandlung stören.

FIGARO Ich meine, daß sie den Lauf der Gerechtigkeit fördern.

DON GUZMAN Los, Zettelkopf, wir schreiten zur Verlesung des fraglichen Dokumentes.

ZETTELKOPF *liest:* Ich, Unterzeichneter, Figaro, bestätige hiermit, von der mündigen Jungfrau Marcelline Krautmesser et cetera et cetera die Summe von dreihundert vergammelten Gulden erhalten zu haben, welche ich ihr zurückerstatten werde ...

FIGARO Stimmt!

ZETTELKOPF ... sowie ich sie heiraten werde. Beeideter Zusatz.

FIGARO Falsch. Von Heirat war nie die Rede.

BARTHOLO Hohes und schönes Gericht! Wieder einer jener erschütternden Fälle von Sittenlosigkeit, wie sie in der heutigen spanischen Jugend mehr und mehr um sich greifen. Da verspricht ein junger, gewissenloser Mensch einer reifen und unschuldigen Dame die Ehe ...

FIGARO Ich opponiere. Der Zusatz ist gefälscht!

ZETTELKOPF Ich repetiere. Der Zusatz ist beeidet!

Zettelkopf reicht Don Guzman das Dokument. Don Guzman reicht es dem Grafen.

GRAF Alles bestens.

Der Graf gibt Don Guzman das Dokument zurück.

DON GUZMAN Alles rechtens. Der Zusatz ist echt.

FIGARO Falsch!

GRAF Als oberster Richter von Kastilien sage ich, der Zusatz ist echt. Will er die Entscheidung eines spanischen Granden angreifen? Ich lasse ihn auspeitschen.

FIGARO Herr Graf, das Recht ist so sehr auf Eurer Seite wie die Macht. Also habt Ihr die Macht, recht zu haben.

BARTHOLO Wir plädieren auf sofortige Einlösung des Vertrages. Also zahlen und heiraten.

FIGARO *für sich:* Satan und Syntax, steht mir bei! *Laut:* Und wir plädieren, den Wortlaut des vorliegenden Dokumentes aufs genaueste zu untersuchen.

DON GUZMAN Was will er damit sagen?

FIGARO Was will das Dokument besagen? Daß ich die dreihundert Gulden zurückerstatten werde sowie ich sie heiraten werde. Das kann doch nur heißen: sobald. Ich zahle, sobald ich heirate. Da ich nicht heirate, brauche ich auch nicht zu zahlen.

BARTHOLO Wir stellen fest, daß es sich bei diesem »sowie« um die sogenannte coniunctio copulativa »und« handelt. Also zahlen und heiraten.

FIGARO Und wir behaupten, daß es sich dabei um die sogenannte coniunctio temporalis »sobald« handelt.
Also: Sobald ich heirate, zahle ich.

ZETTELKOPF *zu Don Guzman:* Coniunctio copulativa oder coniunctio temporalis?

DON GUZMAN *zum Grafen:* Coniunctio copulativa oder coniunctio temporalis?

GRAF *zu Bazillus:* Coniunctio copulativa oder coniunctio temporalis?
Bazillus flüstert dem Grafen etwas zu.

GRAF *zu Don Guzman:* Lecken Sie mich am Arsch!

DON GUZMAN *zu Zettelkopf:* Er soll mich am Arsch lecken!

ZETTELKOPF *zu Figaro und Bartholo:* Die Herren mögen ihre Zungen sprechen lassen.

BARTHOLO Mit Vergnügen! Wie heißt es so schön im besagten Dokument? »Welche Summe ich zurückerstatten werde.« Das ist doch dasselbe, als wenn ich sagen würde: »Du wirst Genesung finden, sowie ein Arzt dir Medizin gibt.« Das heißt doch: »Kaum kommt der Arzt, und schon bist du gesund«, also und.

FIGARO Irrtum, Herr Medikus. Der Sinn ist nämlich der: »Du wirst erbärmlich verrecken, sowie einer dieser gewissen Ärzte an dein Bett tritt.« Das heißt doch: »Sobald der Arzt kommt, wird gestorben«, also sobald.

BARTHOLO Und ich sage, gleich et, wie die Lateiner sagen.

FIGARO Und ich sage sobald, sobald, Sie lateinische Krähe.

BARTHOLO Mein Herr, Sie belieben, mich zu beleidigen.
FIGARO Mein Herr, ich beliebe mich zu verteidigen.
BARTHOLO Meine Herren! Hohes und schönes Gericht! Ich beantrage, sofort mit der Punktuation des Ehevertrages zu beginnen.
GRAF Angenommen.
DON GUZMAN Angenommen.
ZETTELKOPF Akzeptiert.
FIGARO Und angenommen, ich beantrage, die Punktuation des Ehevertrages zu verschieben?
GRAF Abgewiesen.
DON GUZMAN Abgewiesen.
FIGARO Kapiert.
GRAF Das Urteil. Ich will das Urteil hören.
DON GUZMAN Selbstverständlich, das Urteil. Sofort. Im Namen Gottes, des spanischen Königs, seiner Exzellenz des Grafen von Almaviva und weiters im Namen der Gerechtigkeit verkünden wir das folgende und gebührenpflichtige Urteil: Die beklagte Partei hat der klagenden Partei die Summe von dreihundert Gulden zurückzuerstatten, sowie …
BARTHOLO Coniunctio copulativa!
ZETTELKOPF … die beklagte Partei die klagende Partei zu heiraten hat.
GRAF Auf der Stelle.
DON GUZMAN Selbstverständlich, auf der Stelle, sofort.
MARCELLINE Das ist der schönste Tag in meinem Leben. *Zu Figaro:* Geliebter!
FIGARO Was? Ich soll diesen geräucherten Lachs heiraten? Herr Graf, wollen Sie einen jungen, unschuldigen Diener in die zittrigen Arme des Verderbens werfen?
Figaros Sätze werden vom Gelächter der anderen begleitet.
GRAF Nun, wer hängt jetzt in der Schlinge, Figaro?
FIGARO Beim Schweiße meines Angesichts, ich werde die

dreihundert Gulden zahlen, auf Heller und Kopeken. Aber werfen Sie mich um Gottes willen nicht in den Rachen dieser sibirischen Hyäne. Denken Sie an Susanne, Herr Graf, die Ihnen gewiß sehr dankbar sein wird.

GRAF Ich werde ihre Dankbarkeit gewiß sehr zu schätzen wissen. Du heiratest Marcelline! Die Verhandlung ist beendet.

FIGARO Halt! Ich werde diese Großmutter niemals heiraten. Ich liebe Susanne.

BARTHOLO Ist Ihnen der Witz ausgegangen, Herr Figaro?

GRAF Ich sage, die Verhandlung ist geschlossen! Der Saal soll sofort für die Hochzeit hergerichtet werden.

FIGARO Ihr stecht mich, Ihr reißt mich an den Hörnern!

Lautes Gelächter.

FIGARO Eine Gerechtigkeit klebt an Euren Fingern, vor der mir übel wird. Ich werde meinen Witz in Gift verwandeln und meinen Zorn in spitze Weidenruten. Luft! Luft! In Spanien wird die Gerechtigkeit abgetrieben! Zerschlagt die Hirne an den Fassaden! Mit euren Därmen schreiben wir »lang lebe der König«, bis die Sonne alles verbrennt. Ich liebe Susanne. Ich zerschlage euch. Ich zerschlage euch.

Alle ab.

Susanne und Gräfin auf.

SUSANNE Sie haben ihn verurteilt, Frau Gräfin.

GRÄFIN Verurteilt?

SUSANNE Er soll noch diesen Abend Marcelline heiraten.

GRÄFIN Das verstehe ich nicht.

SUSANNE Oh, ich verstehe sehr gut. Herr Graf haben keinen Appetit mehr auf seine Magd.

GRÄFIN Das glaube ich nicht. Hast du meinem Mann ein Rendezvous versprochen?

SUSANNE Für Mitternacht. Im Park. Helfen Sie uns, Frau Gräfin.

GRÄFIN Beruhige dich, Susanne: Noch ist nichts verloren.

SUSANNE Nichts verloren? Es ist Abend. Was wird aus meiner Hochzeit?

GRÄFIN Wir müssen alles versuchen. Du gehst sofort zum Grafen und bittest ihn, Figaro freizugeben.

SUSANNE Er wird nein sagen.

GRÄFIN Er wird ja sagen, wenn du tust, was er will.

SUSANNE Er wird das, was er will, sofort wollen.

GRÄFIN Sag ja. Sag ihm, daß du ihn sofort im Park erwartest. Ich werde mich inzwischen dort verstecken. Komm, Susanne, ich brauche dein Kleid.

SUSANNE Ich habe Angst, Frau Gräfin.

GRÄFIN Du mußt stark sein, Susanne.

Die beiden ab.

Graf und Bazillus auf.

Der Saal wird geschmückt.

BAZILLUS Susanne muß jeden Augenblick hier sein, Herr Graf.

GRAF Dieser Augenblick zieht sich in die Länge wie der Schwanz eines andalusischen Esels.

BAZILLUS Warten erhöht die Lust, Herr Graf.

GRAF Ich habe wenig Lust, zu warten.

BAZILLUS Wie werden Herr Graf die Copulation vornehmen?

GRAF Zuerst eine anständige Züchtigung.

BAZILLUS Wie geschmackvoll!

GRAF Dann reiße ich ihr die Kleider vom Leibe.

BAZILLUS Wie originell!

GRAF Hoffentlich hat sie keine Läuse?

BAZILLUS Wie vorsichtig!

GRAF Die Beine auseinander.

BAZILLUS Wie galant!

GRAF Und dann vorwärts, spanische Kavallerie! Hipp!

BAZILLUS Hipp!

GRAF Olé!

Es klopft. Bazillus verschwindet auf einen Wink des Grafen in der Truhe.

Susanne auf.

GRAF Ah, Susanne. Komm näher. Wie gefallen dir die vielen Blumen und Kränze?

SUSANNE Sie erinnern mich an ein Begräbnis, Herr Graf.

GRAF Heute ist Hochzeit. Mein Diener Figaro heiratet Marcelline. Ich wünsche lustige Gesichter.

SUSANNE Wenn Ihr mir den Bräutigam nehmt, gebt Ihr mir wenig Grund zu lachen. Geben Sie ihn frei, Herr Graf. Er ist mein Mann. Es ist meine Hochzeit.

GRAF Das ist eine Heftigkeit, die ich nicht vertrage.

SUSANNE Ich liebe ihn. Er kann Sonne und Mond vertauschen.

GRAF Sprich weiter, Susanne, ich höre dir gerne zu.

SUSANNE Was hören Sie, wenn ich von der Liebe rede?

GRAF Hipp! Hipp! Olé! Bleiben wir beim Thema. Bist du gewaschen, Susanne?

SUSANNE Wie eine Treppe zu Ostern. Herr Graf brauchen sie nur zu besteigen.

GRAF Vorwärts, Almaviva!

SUSANNE Halt, Herr Graf. Geben Sie Figaro frei, und ich werde im Park auf Sie warten.

Der Graf kommt näher.

SUSANNE Wollen Sie eine lauschige Sommernacht gegen die Zugluft dieses Saales eintauschen?

GRAF Ich will, daß die Komödie zu Ende ist, mein Kind. Bleib stehen!

SUSANNE Und Sie ebenso. Oder ich schrei um Hilfe.

GRAF Dann wird dein Figaro bald ebenso um Hilfe schreien.

SUSANNE Figaro? Was hat er Ihnen getan? Was wollen Sie mit ihm tun?

GRAF Nichts, wenn du tust, was ich will.

SUSANNE Und wenn ich mich weigere?

GRAF Was ich an Figaro so mag, ist sein Witz. Ich werde mir eine witzige Strafe für ihn ausdenken.

SUSANNE Diese Heirat mit Marcelline ist in der Tat ein Witz!

GRAF Aber noch nicht witzig genug. Es fehlen noch dreißig zündende Peitschenhiebe am Rücken des Bräutigams.

SUSANNE Euer Witz ist so gewaltig, Herr Graf, daß man vor Gewalt den Witz nicht sieht.

GRAF Nun, was ist?

SUSANNE Es ist kalt. Ich sehe Euch an und friere.

GRAF Ja oder nein? Überleg dir die Antwort gut, wenn dir dein stinkender Diener lieb ist.

SUSANNE Hier! Nehmen Sie! Das Fleisch ist gewaschen! Nehmen Sie! Meine Schenkel sind frisch! Saugen Sie den Schweiß aus meinen Brüsten! Saugen Sie! Zertreten Sie den Garten! O Figaro.

GRAF Das gefällt mir nicht. Du mußt dich wehren!

SUSANNE O Figaro.

Der Graf schlägt Susanne mit der Peitsche. Susanne starrt den Grafen an.

SUSANNE Ich hasse Euch. Euer Blut ist eine jämmerliche Jauche. Ihr seid schon tot, auch wenn Ihr mich erschlagt. Der Staub fällt aus Euren Hosen. Ihr seid ein Geschlecht, das die Därme in den Händen trägt. *Sie lacht:* Schlagen Sie! Schlagen Sie! Dieser Schmerz macht mich lebendig!

GRAF Der Witz! Der Witz! Der Witz! Wo ist dein Witz geblieben?

Der Graf schlägt wild auf Susanne ein. Figaro kommt aus einer der seitlichen Türen. Er stürzt sich auf den Grafen und erwürgt ihn mit der Peitsche. Figaro und Susanne starren sich an.

FIGARO Wir müssen weg. Er ist tot.

SUSANNE Tot?

FIGARO Schnell weg von hier.

SUSANNE Tot? Wohin, Figaro?

FIGARO Ich weiß nicht. Ich weiß es nicht.

Die beiden gehen ab.

Die Gräfin auf.
Die Gräfin trägt das Kleid Susannes.

GRÄFIN Susannes Kleid paßt mir ausgezeichnet. Ich habe ihre Figur. Es wird Zeit, mich im Park zu verstecken. Und dann, Herr Graf, zeigen Sie Ihrer Magd den feurigen Liebhaber, den Sie Ihrer Frau so beständig vorenthalten.

Sie sieht den Grafen.

GRÄFIN Herr Graf? Almaviva! Pedrito!

Die Gräfin kniet an der Leiche ihres Mannes nieder. Sie legt ihren Kopf an seine Brust. Kurze Pause.

GRÄFIN Es sollte eine Komödie werden. Ich trage Susannes Kleid, und du kommst in den Garten. Du erzählst mir von der Liebe, und ich schweige. Pedrito, warum sagst du nichts? Ich bin es, Susanne. Mein Körper ist jung, er atmet. Komm näher, das Mädchen wartet auf dich. Ich möchte, daß Sie mich küssen, mein Herr. Sein Mund ist still. Ich habe einen toten Grafen zum Liebhaber. Einen toten Mann. Erinnerst du dich an deine Lieder unter meinem Fenster? Ich habe deinen Gesang mit meinen Armen gefangen. Du konntest so fröhlich sein, so ausgelassen. Erinnerst du dich, wie ich in dieses Schloß gekommen bin? Ein Mann hat mich zur Frau genommen. Deine Frau. Dein Haus. *Heftig* Jaja, dein Haus, dein Schloß! Deine Diener! Deine Pferde! Deine Mägde! Dein Geld! Du hast mich zur Gräfin gemacht. Deine Frau hat einen Arsch, Almaviva, auch wenn sie ihn mit Anstand zu verbergen trachtet. Ich sehne mich nach den Händen deiner Knechte. Frau Gräfin lassen bitten! Bin ich schon lächerlich? Sie sind sehr schön, Frau Gräfin. Ich habe einen Freund. Er ist aufgeregt, wenn er mich sieht.

Cherubin tritt aus einer der hinteren Türen auf. Er sieht die Gräfin von hinten. Die Gräfin verdeckt den Grafen.

CHERUBIN Ah, Susanne. Die Göttin des Personals. Du

Landbutter auf dem grauen Brot des Alltags. Ich verzehre mich nach dem frischen Geschmack deiner Lippen. Warum sagst du nichts? Seit Stunden halte ich mich bei Blanchette versteckt. In einer Abstellkammer. Ich will mein junges Leben nicht mit alten Besen verbringen. Mir sind alle Glieder eingeschlafen. Küß mich, Susanne, und du erweckst sie zu neuem Leben.

Die Gräfin lacht hysterisch auf.

CHERUBIN Oh, Frau Gräfin! Vergebt mir, ich wußte nicht ...

GRÄFIN Weißt du, an wen du mich erinnerst, Cherubin? *Sie weist auf den Grafen:* An Pedrito!

CHERUBIN Schläft der Herr Graf?

GRÄFIN Ja, Cherubin. Er schläft und schnarcht. Wie üblich.

Cherubin sieht den toten Grafen.

CHERUBIN Heilige Madonna, der Graf ...

GRÄFIN Ja, Cherubin?

CHERUBIN ... er ist tot!

GRÄFIN So? Bist du sicher? Und ich dachte, er schläft.

CHERUBIN Wer hat das getan, Frau Gräfin?

GRÄFIN Gefalle ich dir, Cherubin?

CHERUBIN Sie ... Sie sind eine bezaubernde Frau. Er ist tot, Frau Gräfin!

GRÄFIN Warum küßt du mich nicht? Mein Mann hat nichts dagegen.

CHERUBIN Es können jeden Augenblick Menschen kommen. Man wird uns entdecken.

GRÄFIN Dann laß uns fortgehen. Weit weg.

CHERUBIN Sie wollen das Schloß verlassen?

GRÄFIN Hast du die Bauern vergessen? Die Ernte? Die Oliven? Was sagtest du, Cherubin? Die Burschen tanzen, bis die Mädchen umfallen. Ich möchte tanzen.

CHERUBIN Tanzen? Wissen Sie, was es heißt, unter Bauern zu leben? Das Land ist karg. Jeder Rebstock, jeder Olivenbaum wird mit Schweiß begossen. Die Ernte gehört dem Grafen. Tanzen? Ja, sie tanzen, damit sie besinnungslos werden und ihr Unglück vergessen.

GRÄFIN Ich kann arbeiten, Cherubin!

CHERUBIN Wozu? Damit Sie häßlich werden, wie die Weiber auf dem Lande?

GRÄFIN Ich will leben, Cherubin!

CHERUBIN Leben? Das hier ist das Leben, Frau Gräfin. Bilder an den Wänden, Damast am Körper, ein französisches Frühstück, eine englische Bildung ... Geld, Kleider, Diener ... Leben, Leben!!!

GRÄFIN Ich höre meinen Mann, den Grafen.

CHERUBIN Ihr Mann ist tot, Frau Gräfin. Sie sind Witwe. Und doch zu schön, um Witwe zu bleiben.

GRÄFIN Gehen Sie! Gehen Sie! Gehen Sie!

Cherubin schnell ab.

GRÄFIN Gehen Sie! Gehen Sie! Bleib bei mir, Cherubin. Bleib. Bleib. *Verändert:* Wie sehe ich aus? Ich muß mich umziehen. Welches Kleid nehme ich für diesen Abend?

Die Gräfin ab.

Bazillus steigt aus seiner Truhe. Er sieht den toten Grafen und lacht. Er raubt ihn aus.

BAZILLUS Eine Intrige gefällig? Herr Graf brauchen nur zu befehlen. Herr Graf sind eine bedeutende Leiche. Seine Exzellenz, der besonders wohlgeborene Graf von Almaviva. Bald scheint dir der Mond durch den Bauch. *Er brüllt:* Mord! Totschlag! Revolution! Revolution!

Alle Schauspieler kommen auf die Bühne. Sie sind hinter dem Tuch versteckt, mit dem sie die Öffnung der Kiste verdecken. Sie lassen das Tuch fallen. Ende.

Texte und Bilder
zu
Der tollste Tag

Uraufführung am Staatstheater Darmstadt, 1972
Das Ensemble

Wiener Volkstheater, 1973
Dolores Schmidinger und Elmar Schulte

Programmheft Städtische Bühnen Dortmund, 1979

Bei Beaumarchais besiegt der Witz die Gewalt, Figaro den Grafen. Die Möglichkeiten der Sprache sind größer als die der Macht. Ich verstehe das als ein Kriterium der Komödie, gemessen an den damaligen gesellschaftlichen Verhältnissen halte ich es für eine Illusion. Denn die Gewalt, die Macht, erlaubt den Witz des Machtlosen nur, solange ihre Interessen davon nicht bedroht werden. Geschieht dies, so dreht sich der Mechanismus um: die Verhältnisse sind stärker als die Sprache.

Wenn die Gewalt die Tatsachen schafft, ist der Witz keine Waffe mehr.

Die Verhältnisse sind stärker als die Sprache, die Gewalt ist stärker als der Witz: das ist das Thema meines Stückes. Ob sich unter dieser Bedingung die Komödie aufrechterhalten läßt? Warum nicht? Ich hoffe nur, die Leute merken, worüber sie eigentlich lachen.

(Zum Stück, 1972)

Bühnen der Stadt Magdeburg, 1987
Dirk Schoedon und Erik Rossbander

»Der tollste Tag«« ist eine Bearbeitung von Beaumarchais' Komödie »Der Tolle Tag oder Figaros Hochzeit«, auf die auch Mozart zurückgriff. Was hat Sie damals, Anfang der 70er Jahre, an dem Stoff gereizt?

Mehrere Dinge. Nachdem Kroetz, Bauer und ich, also diese bayrisch-österreichische Dramatikerriege, zu schreiben begannen, hatten wir sehr schnell das Gefühl, daß wir als Dialektdichter abgestempelt werden. Aus einem Widerstand drohte eine Mode zu werden. Bei dem Versuch, diesem Etikett zu entkommen, entstand bei mir die Lust, mich an den Klassikern zu vergehen. Und außerdem war mein Vater ein Italiener, ich hatte immer eine große Faszination für die Commedia. Die Stücke der Herren Goldoni und Beaumarchais waren längst abgesegnet, das Aufrührerische in diesen Stücken war immer mehr verschwunden, im Klassikerfriedhof begraben worden. Wer wußte schon oder wollte wissen, daß ein »Toller Tag« von Beaumarchais einmal das Fanal der Französischen Revolution war. Es gibt ein Zitat von Beaumarchais, das lautet: »O hätte ich meinem Figaro doch einen Dolch in die Hand gegeben.« Schon Beaumarchais wußte, daß der Klassenfriede, der sich am Ende seines Stückes einstellt, eine Illusion, eine Konzession war. Ich wollte ihm nicht am hochberühmten Zeug flicken, aber seinen radikalen Gedanken aufnehmen, den Dolch wieder zur Hand nehmen.

Im Gegensatz zur Vorlage von Beaumarchais findet die Hochzeit von Susanne und Figaro im »Tollsten Tag« nicht statt. Statt dessen kommt es zum Showdown zwischen Figaro und dem Grafen. Ein revolutionärer Akt?

Man muß einen Unterschied machen zwischen Revolte und Revolution. Figaro sucht nicht die Unterstützung seiner Klasse, er macht keine Geheimtreffen mit den anderen Kammerdienern, er stellt keine Machtfrage. In diesem Stück wird keine Revolution vorbereitet, Figaro handelt vielmehr im Affekt, er agiert spontan. 1968 habe ich als Arbeiter in Deutschland gelebt. Die Studenten haben zwar immer vorgegeben, daß sie einen Klassenstandpunkt vertreten, in Wahrheit haben sie Happenings gemacht, sie haben revoltiert. Sie waren nicht bei den Arbeitern, sondern höchstens für sie. In Paris war das anders, da sind die Arbeiter mit ihnen marschiert. Noch einmal, mein Figaro hat keine Idee von der Revolution, aber eine von der Liebe. Erst als der Graf gierig auf seine Susanne wird, wehrt sich der Diener Figaro.

Sie haben einmal in einem Interview Ende der 80er Jahre gesagt, Literatur sei, wenn sie sich ernst genommen habe, in gewissem Sinn immer geschmacklos. Gilt das für Sie noch immer?

Ja. Wenn sich die Theaterliteratur auf den guten Geschmack einläßt, ist sie schon verloren. Der gute Geschmack ist das Argument all jener, die Angst vor den Inhalten der Literatur haben. Literatur beginnt aber beim schlechten Geschmack. Am Theater muß man Fragen stellen, Szenen erfinden, welche den guten Geschmack und den üblichen Diskurs verlassen. Wir sind ja alle so wunderbare kritische Geister, wir durchleuchten alle Probleme mit unserem Verstand, und am Ende sind alle sehr gescheit und wir haben noch mehr Probleme. Der Kopf hat alle Erklärungen gefunden, der Bauch weiß nichts davon. Das Theater aber wohnt im Bauch, und wenn es besonders edel ist, in den Genitalien.

(Aus einem Interview, 2000)

Wiener Volkstheater, 1973
Elisabeth Epp

Ich habe nichts
was ihr nicht habt.
Dieselbe Lust an dem Leib.
Die Sehnsucht nach zärtlichen Stunden
und ähnlichem Zeitvertreib.

Ihr habt das wie ich.
Warum findet ihr es an mir
so lächerlich?

Ich kenne nichts
was ihr nicht kennt.
Das Erlebnis der Einsamkeit.
Die vielen leeren Stunden
und das Sterben vor der Zeit.

Ihr kennt es wie ich.
Warum findet ihr es an mir
so lächerlich?

Ich tue nichts
was ihr nicht tut.
Ich stelle mich besser hin.
Und warte mit freundlicher Miene
bis ich an der Reihe bin.

Ihr tut das wie ich.
Warum findet ihr es an mir
so lächerlich?

Ich fühle nichts
was ihr nicht fühlt.
Die Angst, daß man mich übersieht.
Die Furcht, daß mein werbendes Lachen
auf trockenen Ästen blüht.

Ihr fühlt das wie ich.
Warum findet ihr es an mir
so lächerlich?

Ich bin nichts,
was ihr nicht werdet.
Alt, mit faltiger Haut.
Ihr habt euer zynisches Lächeln
auf Sand gebaut.

(Lied der Marcelline, 1981)

Plakat des Theaters im Kesselhaus, Weil am Rhein, 1998

Lieber Josef!

Zwei Fragen aus unserem gestrigen Telefongespräch möchte ich schriftlich beantworten. Du fragst mich, ob Marcelline wirklich in den Figaro verliebt ist, und ich antworte Dir: das weiß ich nicht, das ist nicht so wichtig. Der Graf und sein halbadeliger Hofstaat, die Marcelline, der Bartholo, der Cherubin, sind eine unproduktive Klasse, denen ist sehr langweilig, sie verbringen ihre Zeit mit Liebe und Liebesspielen, die haben nur Sex im Kopf. Ob ihre Gefühle echt oder falsch sind, ist nicht so entscheidend. Entscheidend ist, daß sie diese Gefühle auf Kosten der produktiven Klasse, des Kammerdieners und der Kammerzofe, ausleben. Jetzt komme ich zu Deiner zweiten Frage, wie ernst denn die Zornesausbrüche des Grafen seien. Dem Grafen ist, wie ich schon vorhin gesagt habe, saulangweilig. Eine Zeitlang nimmt er die Ränke seines Kammerdieners, die ihn daran hindern sollen, mit Susanne ins Bett zu gehen, gelassen hin. Ich glaube, der Graf durchschaut die Intrigen sogar, sie bereiten ihm Kurzweil. Wer die Macht hat, wer weiß, daß er zu jedem Zeitpunkt auf sie zurückgreifen kann, der ist nicht bedroht, der brüllt nicht herum. Der begibt sich, wenn's sein soll, für einige Zeit sogar in die Rolle des Verlierers, aus Unterhaltungsgründen. Wenn er genug davon hat, beendet er das Spiel und greift zur Gewalt. Grüß die Schauspieler von mir und sage ihnen, sie sollen ihre Rollen möglichst geschmacklos spielen.

(Brief an einen Regisseur, 2003)

Slowakisches Nationaltheater Bratislava, 1996
Diana Mórová, Ján Gallovič, Juraj Rašla

Residenztheater München, 2000
Annika Kuhl und Paul Herwig

Im April 1995 war Salman Rushdie zu Besuch bei uns in Retz. Ich rief das Ehepaar Weiß an und fragte, ob ich mit ihm auf einen Besuch in ihrem Weinkeller vorbeikommen könne. Rudi Weiß antwortete lachend, in der schönen Art der hiesigen Weinbauern, ihm sei jeder, den ich mitbringe, willkommen. Als wir mit Salman Rushdie und zehn Bewachern von der Cobra vor seinem Keller auftauchten, war er doch etwas fassungslos. Im Keller kam es nach einiger Zeit und einigen Gläsern zur kellerüblichen Verbrüderung. Rudi Weiß erklärte Salman Rushdie in einem nicht gerade perfekten Englisch die Vorzüge der Jubiläumsrebe, und Salman antwortete, er werde diesen Keller nie wieder verlassen, hier könnten ihn die islamischen Fundamentalisten sicher nicht finden. Rudi fragte ihn, was er denn Schreckliches über die Fundamentalisten gesagt habe und warum sie über ihn ein Todesurteil verhängt hätten, und Salman antwortete, das Problem sei ja nicht seine Haltung zu den Fundamentalisten, sondern die Haltung der Fundamentalisten zum Humor. Sie hätten keinen.

(Text für diese Ausgabe, 2003)

Theater Karlsbad, 1992
Michal Štrich, Jaromír Tlalka und Jiří Zapletal

Ich persönlich glaube, daß es keine einzige Zeile im Werk eines Schriftstellers gibt, die nicht auch biographische Züge trägt, wobei ich den Begriff »biographisch« nicht zu eng fassen möchte. Für mich ist das Biographische nicht nur die Wiedergabe von konkreten Erlebnissen, sondern auch das Einfließen persönlicher Einstellungen und Erfahrungen in erfundene Geschichten. So gesehen enthält dieser »Tollste Tag« etwas sehr Biographisches: Ich bin als Sohn eines italienischen Gastarbeiters in Kärnten zur Welt gekommen, und ich habe auch nach 1945 den Fremdenhaß am eigenen Leib verspürt. In diesem Kärnten, in diesem Österreich, war der Faschismus 1945 offiziell zu Ende, aber sein Gedankengut lebte ja weiter. Mein Vater, unsere Familie wurde von den Honoratioren des Dorfes, dem Pfarrer, dem Bürgermeister, dem Lehrer, immer als etwas Fremdes, als Außenseiter behandelt. Mein Vater hat versucht, sich dieser Macht anzupassen, er hat ihre Rituale, ihre Gebräuche, ja selbst ihre Kleidung angenommen, aber er konnte bis zu seinem frühen Tod nicht verleugnen, daß er eigentlich ein Italiener, ein anderer war. Mein Figaro versucht ja etwas Ähnliches, er paßt sich den Launen, dem Unterhaltungsbedürfnis seiner Herrschaft an, er liefert ihr geradezu die Unterhaltung in der Hoffnung, dadurch zu einem kleinen Stück privaten Glücks zu kommen. Aber das geht schief, das muß schiefgehen.

(Brief an einen Dramaturgen, 1985)

Plakat des Habimah Nationaltheaters, Tel Aviv, 1981

Heute abend findet im Habimah Theater in Tel Aviv die israelische Erstaufführung des »Tollsten Tages« statt. Ich bin schon sehr neugierig. Auf einem Probenphoto habe ich gesehen, daß die Frauenrollen von Männern mit Bart gespielt werden. Gestern abend gab es im Foyer des Theaters eine Pressekonferenz zur Aufführung. Natürlich wurde auch über das Verhältnis von Witz und Macht gesprochen. Ein älterer Journalist erzählte eine Geschichte. Es sei sehr häufig vorgekommen, sagte er, daß die neuankommenden Juden in Auschwitz nicht sofort selektiert wurden. Manchmal seien sie stundenlang neben den Geleisen gestanden, bis sich die Wachmannschaften und SS-Offiziere Zeit für sie nahmen. In dieser Wartezeit habe ein jüngerer Jude einmal damit begonnen, Faxen zu machen, Pantomimen vorzuführen, wohl aus Angst

Residenztheater München, 2000
Thomas Limpinsel

und Nervosität, und die Umstehenden hätten sich ein Lachen nicht verbeißen können. Einige Offiziere und Aufseher seien auf dieses Lachen aufmerksam geworden, hätten dem Juden zugeschaut und ebenfalls gelacht. Der Jude habe sich durch dieses Lachen ermuntert gefühlt und immer verrücktere Faxen gemacht. Plötzlich habe ein Offizier seine Pistole gezogen, den Juden erschossen und anschließend den Kopf geschüttelt.

(Tagebucheintragung, 1981)

Die Wirtin

Frei nach
Goldoni

Personen

MIRANDOLINA	eine Wirtin
FABRIZIO	ein Kellner
DER CAVALIERE VON RIPPAFRATTA	ein Aristokrat
DER GRAF VON FORLINPOPOLI	ein reicher Aristokrat
DER MARCHESE VON ALBAFIORITA	ein armer Aristokrat
DEJANIRA	eine Schauspielerin
ORTENSIA	eine Schauspielerin

Ort ein Gasthaus in Florenz
Zeit um 1740

Erster Akt

Die Gaststube. Nicht gerade besonders vornehm, aber immerhin. Der Graf von Forlinpopoli tritt von links auf. Der Marchese von Albafiorita tritt von rechts auf.

MARCHESE Ah, der Graf von Forlinpopoli.

GRAF Ah, der Marchese von Albafiorita.

Die beiden vollführen folgende Begrüßungszeremonie: sie schwenken zweimal den Hut, legen die rechte Hand an den Degen, die linke ans Herz und schwenken wieder zweimal den Hut.

MARCHESE Zwischen mir und Ihnen besteht ein gewaltiger Unterschied.

GRAF In diesem Gasthaus ist mein Geld so viel wert wie Ihres.

MARCHESE Geld? Ich beliebe die Wirtin mit meiner kostbaren Zuneigung zu beschenken. Also habe ich ein Anrecht auf sie.

GRAF Geschenk? Ich zeige der Wirtin meine Zuneigung durch Kostbarkeiten. Also habe ich ein Anrecht auf sie.

MARCHESE Madonna, ich bin der Marchese von Albafiorita.

GRAF Madonna mia, ich bin der Graf von Forlinpopoli!

MARCHESE Graf? Was kostet denn so eine Grafschaft, Herr?

GRAF Mehr als Sie für Ihr Marchesat bezahlt haben, Herr.

MARCHESE Basta. Ein Graf schuldet einem Marchese Respekt.

GRAF Auch diese Schuld läßt sich durch eine gewisse Summe aus der Welt schaffen.

MARCHESE Ich bin nicht in dieses Gasthaus gekommen, um mit Ihnen über Geld zu reden. Es handelt sich um meine Leidenschaft. Die Wirtin hat die Ehre, mir zu gefallen.

GRAF Ich habe die Ehre, diese Leidenschaft mit Ihnen zu teilen. Warum, glauben Sie, bin ich in diesem Gasthaus?

MARCHESE Um wieder abzureisen. Niemand will Ihr Geld.

GRAF Im Gegenteil, ich bleibe, weil ich bezahlen kann. Also wäre die Abreise Ihnen anzuraten.

MARCHESE Sie werden bei Mirandolina nichts erreichen.

GRAF Ich nicht und Sie schon?

MARCHESE Ich schon und Sie nicht. Ich gebe ihr die Protektion eines Marchese.

GRAF Und ich gebe ihr das Geld eines Grafen.

MARCHESE Ich finde es ordinär, ständig über Geld zu reden.

GRAF Auch wenn Sie nicht reden, wird doch über Sie geredet. Man sagt, Sie hätten Schulden.

Fabrizio ist inzwischen aufgetreten und steht hinter dem Marchese.

FABRIZIO Verzeiht, Hochwohlgeboren. Ich komme wegen der fälligen Rechnung.

MARCHESE Was soll dieses lächerliche Hochwohlgeboren?

FABRIZIO Jawohl, Exzellenz.

MARCHESE Kennt er nicht meinen richtigen Titel?

FABRIZIO Jawohl, Durchlaucht.

MARCHESE Er soll mich richtig anreden!

FABRIZIO Jawohl, Herr Graf.

MARCHESE *flucht* Porca miseria!

FABRIZIO *zeigt auf den Grafen:* Dieser Herr flucht nie, wenn ich ihn mit Herr Graf anrede.

MARCHESE Zwischen diesem Herrn und mir besteht ein gewaltiger Unterschied. Ich bin Marchese.

GRAF Fabrizio, möchtest du den Unterschied zwischen einem Grafen und einem Marchese kennenlernen?

FABRIZIO Jawohl, Herr Graf.

GRAF *wirft Fabrizio ein Goldstück zu:* Hier hast du eine Zechine.

FABRIZIO Danke, Chef. *Wendet sich zum Marchese.*

MARCHESE Aus meinen Augen, bestechliche Erscheinung.

FABRIZIO Jawohl, Hochwohlgeboren. Diese Titel. *Spielt mit der Zechine.* Man lernt nie aus.

Fabrizio ab.

GRAF Jetzt sehen Sie, wieviel Ihre Protektion wert ist.

MARCHESE Ich messe meinen Wert nicht an einer verschimmelten Zechine.

GRAF Sie wüßten auch nicht, woher Sie eine nehmen sollten.

MARCHESE Woher nehmen Sie die Frechheit …

Der Cavaliere von Rippafratta tritt auf. Die drei Herren vollführen die gleiche Begrüßungszeremonie wie zu Beginn.

CAVALIERE Meine Herren. Der Lärm Ihres Streites war nicht zu überhören. Was erhitzt Ihre Gemüter?

MARCHESE Dieser Herr erlaubt sich, den Wert des Adels zu schmälern.

GRAF Im Gegenteil. Ich stelle nur fest, worauf er beruht. Auf Geld.

MARCHESE Das ist der Ausdruck einer niedrigen Gesinnung.

GRAF Ich habe diese Bemerkung auch nur unter dem Eindruck Ihrer hohen Schulden gemacht.

CAVALIERE Worum geht es, meine Herren?

MARCHESE Ich protegiere Mirandolina.

GRAF Ich finanziere Mirandolina.

CAVALIERE Eine Frau?

MARCHESE Meine Protektion ist grenzenlos.

GRAF Ich überhäufe sie mit Geschenken.

CAVALIERE Ein Weib regt euch auf? Meine Herren, ich finde Ihren Streit lächerlich. Geschäfte, Essen, Trinken, bitte. Aber Weiber. Das Weib ist eine Krankheit, vor der sich jeder vernünftige Mann hüten soll.

MARCHESE Mirandolina ist kein Weib. Sie ist …

CAVALIERE Eine Dame?

MARCHESE Ja.

CAVALIERE Eine Fee?

MARCHESE Ja.

CAVALIERE Eine Göttin?

MARCHESE Ja.

CAVALIERE Eine Heilige?

MARCHESE Ja.

CAVALIERE Sie sind krank, Marchese.

GRAF Was Mirandolina betrifft, so kann ich dem Marchese nur beipflichten. Sie ist ...

CAVALIERE So selbstlos?

GRAF Ja.

CAVALIERE So amüsant?

GRAF Ja.

CAVALIERE So geschmackvoll?

GRAF Ja.

CAVALIERE So natürlich?

GRAF Ja.

CAVALIERE Sie sind ebenfalls krank, Graf.

MARCHESE *zum Cavaliere:* Der Umstand, daß ich Mirandolina meine Protektion schenke, ist der beste Beweis für ihre Qualität.

GRAF Ich weiß doch, in welche Frau ich täglich fünfzehn Zechinen investiere.

CAVALIERE Eine würdige Fee? Eine geschmackvolle Göttin? Eine amüsante Heilige? Sie verschwenden Ihr Geld und Ihre Protektion. Mirandolina ist ein Weib wie jedes andere. Kommen Sie doch endlich zur Vernunft.

MARCHESE Ist Ihnen denn nichts Besonderes an ihr aufgefallen?

CAVALIERE Nicht das geringste. Sie hat lange Haare, eine hohe Stimme, zwei Brüste und runde Hüften. Vermutlich stinkt sie, wie jede Frau. Wenn Sie daran etwas Besonderes finden?

GRAF Cavaliere, waren Sie schon jemals verliebt?

CAVALIERE Halten Sie mich für geschmacklos?

Mirandolina tritt auf. Sie trägt zwei Kübel.

GRAF Oh, diese Anmut. Diese Schönheit.

MARCHESE Oh, diese Würde. Diese Eleganz.

GRAF So sehen Sie doch, Cavaliere.

CAVALIERE Ich sehe eine Wirtin.

GRAF Sie sind blind, Cavaliere.

CAVALIERE Sie sind krank, meine Herren.

MARCHESE Mirandolina!

MIRANDOLINA Sie wünschen, Marchese?

MARCHESE Ich wünsche Sie zu sprechen. Aber nicht hier.

MIRANDOLINA Nicht hier?

MARCHESE Auf meinem Zimmer. Ich habe einen ganz bestimmten Wunsch.

MIRANDOLINA Wir sind bemüht, unseren Gästen jeden Wunsch zu erfüllen. Ich schicke Ihnen sofort den Kellner auf Ihr Zimmer.

MARCHESE *zum Cavaliere:* Was sagen Sie dazu? Eine echte Dame.

CAVALIERE Ein alter Trick.

GRAF Liebe Mirandolina. Was ich zu sagen habe, kann ich öffentlich sagen. Wie gefallen Ihnen diese Ohrringe?

MIRANDOLINA Sehr schön.

GRAF Echte Diamanten. Über vierzig Zechinen.

MIRANDOLINA Die Dame wird entzückt sein.

GRAF Ich hoffe es. Sie gehören Ihnen.

CAVALIERE Dieser Narr!

MARCHESE Dieser Angeber!

MIRANDOLINA Nein. Das kann ich nicht annehmen.

GRAF Wenn Sie die Ohrringe nicht nehmen, beleidigen Sie mich.

MIRANDOLINA Wir sind bemüht, unseren Gästen jede Unannehmlichkeit zu ersparen. Ich will Sie nicht beleidigen.

Mirandolina nimmt die Ohrringe.

GRAF Ich danke Ihnen.

CAVALIERE *zum Grafen:* Sie schenken einem Weib vierzig Zechinen und bedanken sich noch dafür. Ihnen ist wirklich nicht zu helfen.

MIRANDOLINA Haben die Herren sonst noch einen Wunsch?

CAVALIERE *schroff:* Ja. Die Bettwäsche, die Sie mir gegeben haben, ist billigstes Material. Wenn Sie nichts Besseres haben, werde ich wohl gezwungen sein, mir selbst welche zu besorgen.

MIRANDOLINA Ich werde dafür sorgen, daß Sie die beste Wäsche bekommen. Was Ihre Höflichkeit betrifft, so müssen Sie sich selbst darum bemühen.

GRAF *zu Mirandolina:* Bedauern Sie ihn. Der Arme ist ein Weiberfeind ersten Ranges.

CAVALIERE Ich wünsche nicht, von einer Frau bedauert zu werden.

MIRANDOLINA Die armen Frauen. Was haben sie Ihnen nur getan? Warum sind Sie so hart zu uns, Herr Cavaliere?

CAVALIERE Diese Flötentöne langweilen mich. Wechseln Sie das Bettzeug, oder besser, der Kellner soll es tun. Was Sie betrifft, meine Herren, ich kann Sie nicht daran hindern, eine lächerliche Figur zu machen.
Der Cavaliere ab.

MIRANDOLINA Santa Lucia. Dieser Herr erinnert mich an einen leberkranken Venezianer. Manieren wie ein Weinfaß. Es wäre mir wohler, wenn er sich davonrollen würde.

MARCHESE Jawohl. Werfen Sie ihn hinaus. Ich stehe mit meiner ganzen Protektion hinter Ihnen.

GRAF Das Problem ist nicht Ihre Protektion, sondern die offene Rechnung. Ich komme selbstverständlich dafür auf. *Leise zu Mirandolina:* Auch für die Schulden des Herrn Marchese, wenn Sie ihn bei dieser guten Gelegenheit ebenfalls entfernen.

MIRANDOLINA Danke, meine Herren. Ich brauche weder ihr Geld noch ihre Protektion. Gäste, die mir nicht passen, werfe ich höchstpersönlich hinaus, oder wie ein altes florentinisches Sprichwort sagt: Selbst ist die Frau!

Fabrizio tritt auf.

FABRIZIO Hochwürdiger Graf, es will Sie jemand sprechen.

GRAF Wer ist dieser Jemand?

FABRIZIO Er sieht aus wie die Aasgeier des Rialto. Ein Juwelier.

GRAF Bravissimo. Er will mir ein Schmuckstück zeigen. Mirandolina, ich möchte, daß Ihre Ohrringe eine würdige Ergänzung finden.

MIRANDOLINA Aber Herr Graf.

GRAF Aber Mirandolina. Ihre Schönheit fordert Tribut. Im Unterschied zu anderen Herren bin ich in der Lage, ihn zu entrichten. Ciao, povero Marchese!

Der Graf und Fabrizio ab.

MARCHESE Ciao, maledetto Conte! Dieser üble Geldadel ruiniert mir die feinen Nerven.

MIRANDOLINA Der Herr Graf stürzt sich wirklich in Unkosten.

MARCHESE Ein trivialer Charakter. Seine stinkenden Zechinen verpesten die süße Atmosphäre der Liebe. Mirandolina, ich weiß, wie wenig dieses schmutzige Geld Ihr reines Herz zu beeindrucken vermag.

MIRANDOLINA Von Geschenken hat noch niemand einen Ausschlag bekommen.

MARCHESE Oh, ich würde es nie wagen, Ihre Gefühle mit Geschenken zu erniedrigen.

MIRANDOLINA Oh, Sie würden mir diese Beleidigung nie antun?

MARCHESE Niemals.

MIRANDOLINA Davon bin ich überzeugt.

MARCHESE Mein Beitrag ist höherer Natur.

MIRANDOLINA Bleiben Sie auf dem Boden, Marchese.

MARCHESE Reden Sie nicht von der Erde. Mein Herz übersteigt Berge und Täler. Es flieht in die unendlichen Weiten der Sehnsucht.

MIRANDOLINA Ihre Rechnung übersteigt achtzig Zechinen, Marchese.

MARCHESE Marchese, Marchese, Marchese … oh, könnte ich doch die Last dieses Titels von mir streifen.

MIRANDOLINA Wozu?

MARCHESE Um in Gleichheit und Reinheit vor Ihnen zu stehen.

MIRANDOLINA Wozu?

MARCHESE Um ganz der Ihre zu werden.

MIRANDOLINA Wozu?

MARCHESE Um alles Irdische mit Ihnen zu teilen.

MIRANDOLINA Haben Sie sonst noch einen Wunsch?

MARCHESE Verzeihen Sie diesen Ausbruch menschlicher, allzumenschlicher Empfindung.

Der Marchese ab.

MIRANDOLINA Wenn die Herren in heiße Liebesschwüre ausbrechen, bekomme ich kalte Füße. Mein Herz flieht in die unendlichen Weiten der Sehnsucht. Da wird der Verstand wohl mitgeflogen sein. Was glaubt dieser Marchese eigentlich? Seit fünfhundert Jahren schleppt sich seine Familie durch alle Bordelle der Lombardei, und jetzt, wo die Säcke leer sind, will er einer anständigen Wirtin auf den Sack fallen. Mein Geld will er, sonst nichts. Ich will meine Freiheit, sonst nichts. Fünf Jahre habe ich den alten Geizkragen Venerola von vorne bis hinten bedient, bis er mir diese Locanda verpachtet hat. Jetzt verdiene ich Geld, und das bedeutet Unabhängigkeit von all den Herren, die mir an den Hintern greifen und meine Brieftasche meinen. Und was den reichen Grafen betrifft? Der redet nicht von mir, sondern von meinen Schenkeln. Wenn er mich ansieht, ersaufen seine Augen in meiner Brust. Der ist so geil, daß selbst sein Reichtum diese Eigenschaft nicht aufwiegen kann. *Mirandolina geht vor an die Rampe, zum Publikum:* Ich brauche Sie nicht, verehrte Männer. Nein, das stimmt nicht. Ich genieße Ihre verliebten Kalbsaugen, ich ergötze mich an Ihrer schmachtenden Ordensbrust.

Sie sind so zauberhafte Karikaturen, meine Herren. Sie sehen, ich habe mein eigenes Vergnügen an Ihnen.

Fabrizio tritt auf. Er schleicht sich von hinten an Mirandolina heran.

Dieser weiberfeindliche Cavaliere will mir das Vergnügen eines verliebten Mannes nicht gönnen. Nur zu, germanischer Charakter. Ich werde dir eine Lektion erteilen, daß dir dein Hochmut in die Hose fällt. *Sie macht eine heftige Bewegung nach hinten und trifft Fabrizio mit einer zünftigen Ohrfeige voll ins Gesicht.*

FABRIZIO Au! Greifen Sie Ihr Personal immer auf diese Art an?

MIRANDOLINA Wenn mir mein Personal mitten in einem Monolog an den Hintern greift.

FABRIZIO Padrona, das würde ich nie wagen. Beim Leben meiner geliebten Mutter.

MIRANDOLINA Sie ist tot. Seit fünfzehn Jahren.

FABRIZIO Sind Sie sicher?

MIRANDOLINA Es steht in deinen Papieren.

FABRIZIO Entsetzlich. Die arme Mutter. O mamma mia. Mamma mia.

MIRANDOLINA Hör auf, Fabrizio. Wir sind nicht in Neapel. Was willst du?

FABRIZIO *grinst:* Nun ... es ist ... es handelt sich um ... es ist eher nicht dienstlich.

MIRANDOLINA Eher nicht dienstlich? Was dann?

FABRIZIO Es ist eher überhaupt nicht dienstlich.

MIRANDOLINA Also privat?

FABRIZIO Nein. Nein. So privat nun auch wieder nicht.

MIRANDOLINA Privat oder nicht privat?

FABRIZIO Sehr privat.

MIRANDOLINA Delikat?

FABRIZIO Äußerst delikat. Es handelt sich um ...

MIRANDOLINA Sprich weiter, Fabrizio.

FABRIZIO Es handelt sich um ... um eine Gefühlsangelegenheit.

MIRANDOLINA Und worum handelt es sich bei dieser Gefühlsangelegenheit?

FABRIZIO Mirandolina, ich bin kein gebildeter Mann. Ich kann mich nicht so ausdrücken.

MIRANDOLINA Das macht nichts, Fabrizio. Sprich weiter.

FABRIZIO *wirft sich in Pose:* Chefin!

MIRANDOLINA Ich höre.

FABRIZIO Ich fühle ...

MIRANDOLINA Ich höre.

FABRIZIO Ich fühle ...

MIRANDOLINA Mach's nicht so spannend, Fabrizio.

FABRIZIO Ich fühle mich durchaus in der Lage, ein Gasthaus zu führen!

MIRANDOLINA *für sich:* Ich verstehe. *Zu Fabrizio:* Und welches, zum Beispiel?

FABRIZIO Eines wie dieses. Nur zum Beispiel.

MIRANDOLINA Natürlich. Nur zum Beispiel.

FABRIZIO Nicht so ganz zum Beispiel.

MIRANDOLINA So?

FABRIZIO Mirandolina, Sie haben ein Gasthaus und keinen Mann.

MIRANDOLINA Richtig. Und du bist ein Mann und hast kein Gasthaus.

FABRIZIO Und da habe ich gedacht, das paßt doch irgendwie zusammen.

MIRANDOLINA Hast du gedacht.

FABRIZIO Ich übernehme die Buchhaltung und Sie die Küche.

MIRANDOLINA Hast du gedacht.

FABRIZIO Das Ganze muß natürlich unter meinem Namen laufen. Eine Frau als Geschäftsführerin, das macht keinen guten Eindruck.

MIRANDOLINA Hast du gedacht. Soll ich dir sagen, was ich denke? Ich denke, daß dir dein Hirn in den Arsch gefallen ist und nur eine gehörige Tracht Prügel es wieder hinaufbefördern kann.

FABRIZIO Aber Padrona!

MIRANDOLINA Basta Padrona. Ich bin eine Frau, kein Gasthaus. Jeden anderen hätte ich ausgelacht, aber bei dir tut es mir leid, Fabrizio. Es tut mir weh, verstehst du?

FABRIZIO Ich verstehe Sie nicht, Padrona.

MIRANDOLINA In die Küche mit dir, du neapolitanische Schmeißfliege. Verdammtes Geschlecht, euch Männern hat wirklich der Teufel in den Sack gebissen. Porco dio!

Mirandolina ab.

Fabrizio geht an die Rampe.

FABRIZIO Für eine Florentinerin flucht sie gar nicht schlecht. Aber natürlich heißt es nicht nur »porco dio«, sondern *schnell:* »porco dio creatura miserabile col cazzo in testa faccia di merda butana madre tua stronza madonna porca!«

Zurück zum Stück. Wenn sie einen Monolog hält, kann ich auch einen halten. Also, meine Geschichte ist schnell erzählt. Ich heiße Fabrizio Venturrini und stamme aus Neapel. Mein Vater hat mir immer gesagt, die Weiber müssen wissen, wer der Herr ist. Nach dem fünfzehnten Kind ist meine Mutter gestorben. Mein älterer Bruder hat mir beigebracht, wie man die Bußgelder aus den Kirchen stiehlt. Viermal haben sie mir auf der Questura das Blut aus den Händen geschlagen. Wer Hunger hat, stiehlt auch mit den Zähnen.

Heiliger Antonio, ich bin ein schlechter Mensch. Ich habe meinen Schwestern die Unschuld geraubt, und heute zieren sie als Huren die Piazza Erbe. Ich habe den alten Padre Pio mit Weihwasser vergiftet, als er mir auf die Schliche kam. Weißt du, wie ich den Militärbehörden entronnen bin? Ich habe meinen debilen Bruder hingeschickt. Er hört übrigens auch auf den Namen Fabrizio. Mein Vater war so besoffen, daß ihm kein anderer mehr einfiel. Als im Jahre 35 die Cholera in Neapel war, was habe ich getan? Ich verdorbene Creatura? Ich habe

den sterbenden Aristokraten die Ringe von den lauwarmen Fingern gezogen. Übrigens habe ich die Beute mit einem deiner priesterlichen Diener geteilt. Ich bin ein schlechter Mensch. Heiliger Antonio, bestrafe mich. Aufs ärgste. Um eine kleine Gnade flehe ich dich an. Laß mich vorher noch schnell reich werden, ein bißchen nur, un pochino, damit ich die Strafe leichter ertrage.
Solche Monologe erschüttern einen direkt selber. Was ich sagen wollte. Diese Mirandolina ist meine ganz große Chance. Wenn es mir gelingt, dieses Gasthaus unter den Nagel zu reißen, habe ich ausgesorgt. Natürlich liebe ich sie, aber warum soll ich dauernd davon reden. Soweit ich durchblicke, ist sie nicht gerade scharf auf mich. Da steckt sicher ein anderer dahinter. Der Cavaliere kommt nicht in Frage. Der haßt die Weiber. Vermutlich haben ihm seine Gouvernanten die Eier rasiert. Bleiben der Graf und der Marchese übrig. Adel, Geld, Protektion, auf so was fliegen die Weiber. Praktisch gesehen habe ich natürlich überhaupt keine Chance. Das heißt, wenn ich Mirandolina ausspannen will, muß ich die beiden anderen einspannen.

Der Cavaliere tritt auf. Fabrizio bemerkt ihn nicht. Es sieht aus, als würde der Cavaliere den Raum inspizieren.

FABRIZIO Fabrizio, Kind der schurkischen Musen, zwänge dich aus dem groben Kleid der Aufrichtigkeit und wappne dich mit dem feinen Faden der Intrige. O irdischer Besitz, du wirst meinen Rücken wieder aufrichten, den die Achtung vor den Herren so gekrümmt hat. Ich werde um die Überschreibung dieses Hauses kämpfen wie die Madonna um ihre Unschuld. Maria und Moneta, Geld und Glaube, es lebe die Komödie!

CAVALIERE Wird hier Theater gespielt oder gearbeitet? Was ist mit meiner Wäsche, dämlicher Domestik?

FABRIZIO Ich eile, erlauchte Eminenz.

Mirandolina tritt auf.

MIRANDOLINA Nicht nötig. Ich bringe sie gerade auf das Zimmer des Herrn Cavaliere.

Fabrizio ab. Kurze Pause.

CAVALIERE Worauf warten Sie noch?

MIRANDOLINA Wollen Herr Cavaliere sich nicht herablassen, einen allergnädigsten Blick auf das feine Textil zu werfen?

CAVALIERE Wozu?

MIRANDOLINA Es ist feinste wallonische Seide. Sehen Sie doch.

CAVALIERE Ich habe geblickt. Sie können gehen.

MIRANDOLINA Zehn Zechinen die Elle. Fühlen Sie.

CAVALIERE Finden Sie diese Auslage für Bettwäsche nicht etwas übertrieben?

MIRANDOLINA Für normale Gäste schon. Aber diese Wäsche wurde extra für bedeutende Persönlichkeiten angeschafft.

CAVALIERE Meinen Sie mich?

MIRANDOLINA Ich bin so frei.

CAVALIERE Ich finde Ihre Komplimente ausgesprochen plump.

MIRANDOLINA Ich spreche von der feinen Wäsche, Herr Cavaliere.

CAVALIERE Ich halte dieses Gespräch für beendigt.

MIRANDOLINA Schade. Ich wollte Ihnen nur eine kleine Aufmerksamkeit erweisen, nichts weiter.

CAVALIERE Nichts weiter? Ich weiß genau, wie solche Dinge weitergehen.

Mirandolina geht zur Tür.

MIRANDOLINA Liegen Sie gerne hoch oder tief?

CAVALIERE Was interessieren Sie meine Schlafgewohnheiten?

MIRANDOLINA Es ist wegen der Polster. Ich muß wissen, ob ich einen oder zwei überziehen soll.

CAVALIERE Ich überziehe genau, was Sie wollen.

MIRANDOLINA Ich will, daß Sie es bequem haben, daß Sie sich wohlfühlen. Hat sich denn noch kein Mensch um Sie gekümmert?

CAVALIERE Das ist meine Privatsache.

MIRANDOLINA Und meine Sache ist es, Ihnen ein gutes Essen zu machen. Was befehlen Exzellenz für heute mittag?

CAVALIERE Ich esse, was auf den Tisch kommt.

MIRANDOLINA Aber Sie haben doch sicher irgendeine Lieblingsspeise? Wildschwein in Weinsoße, dazu gebratene Mandeln, dazu ...

CAVALIERE O, ein vorzügliches Gericht.

MIRANDOLINA Na also.

CAVALIERE Nein, nein. Machen Sie sich keine Mühe. Ich werde den Kellner benachrichtigen, falls ich irgendeinen Wunsch habe.

MIRANDOLINA So etwas muß mit Liebe zubereitet werden. Das kann nur eine Frau.

CAVALIERE Schweigen Sie. Es wird Ihnen nicht gelingen, aus mir dasselbe zu machen wie aus dem Grafen und dem Marchese.

MIRANDOLINA Was sagen Sie zu den beiden Herren? Einfach lächerlich, nicht wahr? Kommen in ein Gasthaus und verlieben sich grundlos in die Wirtin. Bitte, man ist nett und freundlich zu ihnen. Warum nicht? Das ist schließlich der Beruf. Aber deshalb muß man sich doch nicht gleich in die Wirtin verlieben. Was meinen Sie?

CAVALIERE Ja, ja, einfach lächerlich so was.

MIRANDOLINA Sage ich auch die ganze Zeit. Aber diese Herren hören nicht auf, mich zu verfolgen. Der eine mit seiner Protektion, der andere mit Geld. Den ganzen Tag schmachten sie hinter mir her. Glauben Sie, das bedeutet mir ein Vergnügen?

CAVALIERE Sehr traurig sind Sie über die Geschenke des Grafen nicht.

MIRANDOLINA Ablehnen hat keinen Sinn, und zweitens, Geld stinkt nicht.

CAVALIERE Ihre Offenheit ist zwar etwas grob, aber nicht unsympathisch.

MIRANDOLINA Lassen Sie uns doch von Mann zu Mann reden. Ich habe schon einige Jahre auf dem Buckel und bin kein junges Mädchen mehr. Hier sehen Sie, lauter Falten um die Augen. Ich bin bestimmt nicht schön, aber eines kann ich Ihnen sagen: Ich hätte schon etliche gute Partien machen können. Und warum habe ich sie nicht gemacht? Was glauben Sie?

CAVALIERE Die anderen wollten nicht.

MIRANDOLINA Und wie sie wollten.

CAVALIERE Sie wollten nicht.

MIRANDOLINA Sie haben recht. Ich wollte nicht. Und wissen Sie auch, warum ich nicht wollte? Weil ich die Freiheit über alles schätze!

CAVALIERE Die Freiheit ist der höchsten Güter eines.

MIRANDOLINA Und wie viele verkaufen sie um den lumpigen Preis einer Ehe. Exzellenz sind nicht zufällig verheiratet?

CAVALIERE Um Gottes willen.

MIRANDOLINA Darf ich Ihnen meine aufrichtige Bewunderung zum Ausdruck bringen?

CAVALIERE Und womit habe ich diese Anerkennung verdient?

MIRANDOLINA Sie durchschauen die Frauen und werden nie auf eine hereinfallen.

Mirandolina tut so, als würde sie gehen.

CAVALIERE Mirandolina!

MIRANDOLINA Cavaliere befehlen?

CAVALIERE Sie ... Sie können gehen.

MIRANDOLINA Ich hoffe, ich habe Herrn Cavaliere nicht zu lange belästigt?

CAVALIERE Nein, nein. Es war ein durchaus akzeptables Gespräch.

MIRANDOLINA Sehen Sie, Cavaliere. So mach ich das mit den anderen. Ich verweile ein bißchen, ein kurzer Plausch, man plaudert so über die letzten Hinrichtungen und die neueste Mode, und schrapps! Schon verlieben sie sich.

CAVALIERE Unverständlich.

MIRANDOLINA Unbegreiflich.

CAVALIERE Nicht zu fassen.

MIRANDOLINA Geben Sie mir Ihre Hand.

CAVALIERE Meine Hand? Was wollen Sie mit meiner Hand?

MIRANDOLINA *nimmt seine Hand und hält sie:* Es ist mir ein starkes Bedürfnis, Ihnen zu sagen, wie sehr mich Ihre männliche Haltung beeindruckt. Sie werden nie die lächerliche Karikatur eines verliebten Mannes abgeben.

CAVALIERE Lassen Sie meine Hand los!

MIRANDOLINA Sie würden nie auf die Idee kommen, eine Frau mit offenem Mund und hängenden Augen zu verfolgen. Sie nicht. Bei Ihnen fühlt man sich als Frau so richtig frei.

CAVALIERE Lassen Sie endlich meine Hand los!

MIRANDOLINA Wissen Sie, was es für mich bedeutet, endlich einmal einem richtigen Mann zu begegnen? Ein richtiger Mann, der vollkommen ruhig bleibt, wenn ihm eine Frau um den Bart und über die Hand streichelt.

CAVALIERE Vollkommen ruhig. Warum lassen Sie meine Hand nicht los?

MIRANDOLINA *läßt seine Hand los:* Da haben wir wieder so ein Beispiel. Hätte ich jetzt einem anderen die Hand gedrückt, er hätte sich die tollsten Freiheiten herausgenommen. Er hätte sich weiß Gott was eingebildet. Aber Sie? Sie bleiben kühl und überlegen. Leben Sie wohl, Cavaliere, ich bewundere Sie!

Mirandolina schnell ab.

Der Cavaliere betrachtet seine Hand.

Er geht vor an die Rampe.

CAVALIERE Ich stamme aus Ercole in der Toscana. Das Geschlecht der Rippafratta lebt seit über 400 Jahren in dieser Gegend, die selbstverständlich uns gehört.

Über meine Erziehung ist nur das Beste zu berichten. Die heiligen Schwestern der Marina sind streng, aber ich habe gelernt, meine Gefühle zu beherrschen. Jedes Jahr, zum Fest der Santa Lucia, habe ich meine Mutter gesehen. Sie trug ein schwarzes Kleid und lächelte. Ich habe ihr die Hand gegeben und ihre Augen betrachtet. Dann haben mich die Schwestern wieder mitgenommen. Meinen Vater habe ich nie gesehen.

Seit ich erwachsen bin, beschäftige ich mich mit der Vermehrung unseres Besitzes. Was die Frauen betrifft, so teile ich die Meinung unseres verehrten Kardinals Ottaviani. Die Frau ist die Verkörperung der Sünde, sie ist die Bestrafung des Mannes. Ihre Haut ist von weißer Unschuld, doch darunter verbergen sich die abscheulichsten Ungeheuer. Ihre Lippen sind prall von Gift und ihre Augen unklar wie das Wasser der Kanäle in der heißen Sonne.

Da Gott ihnen keinen Verstand gegeben hat, ist ihre Rede dumm und falsch. Ein Mann erhält sich am besten, wenn er sich das Weib von der Nase hält. Womit auch ich einen Monolog gehalten hätte.

Diese Mirandolina! Ich fürchte um die Ordnung meiner Gedanken, um die Ruhe meines Atems. Was hat dieses Weib nur an sich? Mein Magen dreht seltsame Kreise. Schluß, sage ich! Ich werde dieses Weib meiden wie eine ansteckende Krankheit. Ich hasse die Weiber, und keine Wirtin der Welt wird mich von dieser Haltung entblößen!

Der Cavaliere ab.

Fabrizio mit Ortensia und Dejanira auf.

FABRIZIO Treten Sie näher, erlauchte Grazien der Bühnenkunst.

ORTENSIA Was will er eigentlich von uns, Kellnermensch?
DEJANIRA Schleift uns einfach von der Truppe weg. Wir sind zwar Schauspielerinnen, aber keine Huren, Sie Provinzpapagallo.
FABRIZIO Ich bin ein einfacher Proletarier, Madame, und Florenz ist keine Provinz.
DEJANIRA Ich habe auf den größten Marktplätzen Roms gespielt. Florenz ist tiefste Provinz.
ORTENSIA Proletarier, was ist das? Ein neues Fach?
FABRIZIO So ungefähr.
ORTENSIA Eine dankbare Rolle?
FABRIZIO Im Gegenteil. Man hat die ganze Arbeit, und die anderen sahnen den Rahm ab.
DEJANIRA Kann man jetzt endlich erfahren, wie der Spielplan läuft?
FABRIZIO *zu Dejanira:* Reichen Sie mir Ihre Hand, schönes Fräulein, ich werde Ihnen alles erklären.
DEJANIRA Bin weder Fräulein, noch bin ich schön, kann gut allein ins Gasthaus gehen. Komm, Kollegin.
Die beiden nehmen Platz.
DEJANIRA Worum geht's, alter Knacker?
FABRIZIO *macht das Geldzeichen:* Kleingeld!
DEJANIRA Kohlen? Kröten? Kies?
FABRIZIO Moos!
ORTENSIA Mäuse? Moneten? Marie?
FABRIZIO So hört, Ihr Bretterdusen!
Die beiden schütteln ihm die Hand.
DEJANIRA Wenn's ums Geld geht, heiße ich Dejanira.
ORTENSIA Bei Zaster höre ich auf den Namen Ortensia.
FABRIZIO Was Ihre Namen betrifft, verehrte Damen, so werden wir sie aus der einsilbigen Namlosigkeit eines schlichten Vornamens in die vielsilbige Namhaftigkeit eines unschlichten Titels verwandeln.
ORTENSIA Der redet wie unser zweiter Komiker.
DEJANIRA Was paßt dem an unseren Namen nicht?

FABRIZIO Wenn Sie eine schwindsüchtige, aber verliebte, aber reiche Jungfrau zu spielen haben, wie heißen Sie dann auf der Bühne?

DEJANIRA Lucia di Lammermoor!

FABRIZIO Eben. Und nicht Gertraud von Grundsumpf.

ORTENSIA Sind Sie vielleicht Dichter? Ich kannte da einen, der hieß Goldoni, der wollte mir aus einem Stück vorlesen, aber vor lauter Deklamieren landeten seine Hände zwischen meinen Schenkeln.

FABRIZIO Ich will Ihnen nicht zwischen die Beine greifen, sondern unter die Arme helfen. Sie sollen Theater spielen.

DEJANIRA Sind Sie Theateragent?

FABRIZIO Vorübergehend. Ich handle im Auftrag meines gekränkten Herzens.

ORTENSIA Erst ist er Kellner, dann Proletarier, und jetzt auch noch Impresario.

FABRIZIO Hören Sie, meine Damen, in diesem Haus wohnen zwei Herren.

DEJANIRA Anzunehmen.

FABRIZIO Es sind zwei Aristokraten. Ein Graf und ein Marchese.

DEJANIRA Angenehm. Sind sie reich?

FABRIZIO Anzunehmen.

DEJANIRA Die Herren wollen uns kennenlernen?

FABRIZIO Im Augenblick sind sie hinter der Wirtin her.

ORTENSIA Sollen wir vielleicht der Wirtin gratulieren?

FABRIZIO Sie sollen die Wirtin entlasten.

DEJANIRA Hat sie einen anderen?

FABRIZIO Gewissermaßen. Auch wenn sie bis jetzt noch nichts davon wissen will.

DEJANIRA Und der, von dem sie nichts wissen will, ist ein gewisser Kellner?

ORTENSIA Ein gewisser Proletarier.

DEJANIRA Ein gewisser Agent.

FABRIZIO Ein verliebter Mann, meine Damen. Helfen Sie mir, es soll Ihr Schaden nicht sein, wie man so sagt.

DEJANIRA Moment. Wir sollen also die beiden ans Ufer ziehen, damit Sie besser baden können.

FABRIZIO Der Marchese und der Graf sind Goldfische, meine Damen.

DEJANIRA Die sich mit gewöhnlichen Forellen nicht abgeben.

FABRIZIO Kommt darauf an, wie man sie serviert. Schon mancher Kanalfisch hat es bis zur Forelle blau à la Bourguignonne gebracht.

DEJANIRA Und wie gedenken Sie, mich zu servieren?

FABRIZIO Wie wär's mit Gräfin Dejanira del Pomade aus Palermo? Sie befinden sich auf der Reise nach Bergamo zu einem berühmten Herrgottschnitzer, so was macht sich immer gut. Sie mußten hier haltmachen, weil ein Pferd Durchfall hatte, oder so ähnlich.

DEJANIRA Das Pferd einer Gräfin hat nicht Durchfall, es ist blessiert.

FABRIZIO Großartig.

DEJANIRA Schweig Er, fürwitziger Phäake.

FABRIZIO Sie sind eine geborene Aristokratin.

DEJANIRA Was wollen Sie? Ich habe im Hafen von Neapel die Königin von Ägypten gespielt. Die Menschen waren außer sich.

ORTENSIA Besonders an der Stelle, wo sie von der Schlange gebissen wird. Der Inspizient hat die Schlange mit einem Tintenfisch verwechselt.

DEJANIRA Halt's Maul, alte Schlampe. Ich weiß genau, daß du die Rolle spielen wolltest. Aber an deinem Hängebusen wäre jede Schlange erstickt.

FABRIZIO Aber Gräfin. *Ortensia zu Fabrizio:* Und wie heiße ich?

FABRIZIO Warten Sie. Was halten Sie von Baronin Ortensia Delicata del Corpus aus Castelgandolfo.

ORTENSIA In Castelgandolfo stinken die Herbergen wie die Schweißfüße eines Elefanten.

FABRIZIO Baronin wohnen selbstverständlich in einem Palast.

ORTENSIA Mit weißen, kühlen Zimmern?

FABRIZIO Mindestens.

ORTENSIA Alle sind freundlich zu mir und erfüllen mir jeden Wunsch?

FABRIZIO Jeden.

ORTENSIA Die Rolle gefällt mir.

FABRIZIO Dann sind wir uns einig, meine Damen? Ich werde versuchen, den Grafen und den Marchese hierher zu locken. Und dann, meine Damen, spielen sie. Führen sie die Herren mit kühler Vornehmheit auf die heiße Spur ihrer Lippen. Gräfin! Baronin! Ich eile. Finster schlurft der welsche Intrigant von dannen!

Fabrizio ab.

Ortensia und Dejanira allein. Sie üben Posen und machen Sprechübungen.

Mirandolina tritt auf.

MIRANDOLINA *räuspert sich:* Grüß Gott. Hier spricht das Gasthaus.

ORTENSIA Wer ruft mir?

DEJANIRA Vorsicht, die Wirtin. *Zu Mirandolina:* Handelt es sich bei Ihnen um ein eilfertiges Dienstbot?

MIRANDOLINA Mit Verlaub, ich bin die Wirtin.

DEJANIRA Um so trefflicher. Folge Sie Ihrem Gewerbe und arrangiere Sie eine Suite mit Meerblick.

MIRANDOLINA Wir sind in Florenz. Das Meer ist hundert Kilometer entfernt. Darf es vielleicht eine Allee mit Pappeln sein?

DEJANIRA Ich finde Bäume ordinär.

MIRANDOLINA Bis jetzt hat sich noch niemand beschwert.

DEJANIRA Widersprechen Sie nicht. Ich bin die Gräfin Dejanira del Pomade aus Palermo.

ORTENSIA Jawohl. Und ich bin die Baronin Ortensia Delicata del Corpus aus Castelgandolfo.

MIRANDOLINA Erlauben Sie, daß ich Ihnen untertänigst die Hände küsse.

DEJANIRA Wenn's sein muß. Wir lassen uns herab.

Mirandolina küßt den beiden die Hände.

ORTENSIA Huch, das kitzelt.

DEJANIRA *zischt zu Ortensia:* Halt's Maul, Trampel.

MIRANDOLINA Wie meinen Frau Gräfin?

DEJANIRA Ich sagte Trampel, vielmehr Trampèl. Eine französische Vogelart. Zum Beispiel, ein Trampèl kommt selten allein. Aber das können Sie als einfache Person nicht wissen.

MIRANDOLINA Als einfache Person weiß ich noch viel mehr.

DEJANIRA Zum Beispiel?

MIRANDOLINA Zum Beispiel, daß die Damen auch einfache Personen sind.

DEJANIRA Was nimmt Sie sich heraus, tolldreistes Kaschemmenweib!

ORTENSIA Ich und nicht adelig? Sehen Sie nur meine blauen Flecken!

DEJANIRA *zischt zu Ortensia:* Blöde Sau.

MIRANDOLINA War das auch französisch? Meine Damen, warum spielen Sie mir eine Komödie vor? Wissen Sie, in meinem Beruf, da bekommt man ein Auge für Menschen. Schauen Sie doch Ihre Hände an. Das sind nicht die Hände einer Gräfin, einer Baronin. Sie haben gelernt, wie man Wäsche mit Kieselsteinen wäscht. Sie können zupacken, wenn die Seeleute Ihre Brüste entern. Warum wollen Sie mich für dumm verkaufen? Ich kenne das Leben.

ORTENSIA *zu Dejanira:* Und was jetzt?

DEJANIRA Sie haben gewonnen, Frau Wirtin.

MIRANDOLINA Geben Sie mir Ihre Hände, und glauben Sie

nicht, daß ich Sie verachte. Im Gegenteil, ich hab was übrig für einen guten Scherz. Und daß wir Frauen uns des öfteren verstellen müssen, weiß ich nur zu gut. Und jetzt sagen Sie mir, was eigentlich hinter dieser Maskerade steckt.

ORTENSIA Der Proletarier ist an allem schuld.

MIRANDOLINA Proletarier?

DEJANIRA Fabrizio! Wir sollen Ihnen den Grafen und den Marchese ausspannen. Deshalb die Titel.

ORTENSIA Der Impresario ist sehr scharf auf Sie.

MIRANDOLINA Impresario?

DEJANIRA Fabrizio. Wenn die Herren erst ein Auge auf uns haben, dann werden Sie wieder ein Auge auf ihn werfen.

MIRANDOLINA *lacht:* Dieser Fabrizio! Warum ist er eigentlich so blind? *Zu den beiden:* Meine Damen, spielen Sie Ihr Spiel. Ich habe nichts dagegen. Wenn ich Ihnen einen Rat geben darf, übertreiben Sie nicht zu sehr. Auch die feinsten Herren haben oft die schlechtesten Manieren. Und was Ihr Zimmer und Ihre Verpflegung betrifft, so werde ich dafür sorgen, daß man Sie behandelt wie eine echte Gräfin. *Verbeugung.* Wie eine echte Baronin. *Verbeugung.*

Der Marchese tritt auf.

MARCHESE Eine echte Gräfin? Eine echte Baronin? *Geht nach vorne:* Vergebung, Mirandolina, würden Sie mich den Damen vorstellen?

MIRANDOLINA Mit Vergnügen. Das ist der Marchese von Albafiorita.

DEJANIRA Angenehm.

ORTENSIA *streckt die Hand hin:* Küß die Hand.

MIRANDOLINA Die Gräfin Dejanira del Pomade aus Palermo.

MARCHESE Eine heiße Gegend, Madame.

DEJANIRA Sehr heiß.

ORTENSIA Ich bin die Baronin Ortensia Delicata del Corpus aus Castelgandolfo. Angenehm.

MARCHESE Entzückend. Castelgandolfo. Dort läßt sich der Papst am liebsten geißeln.

MIRANDOLINA Ich werde die hohen Herrschaften nicht länger mit meiner niedrigen Gegenwart stören.

MARCHESE Mein Auge begleitet Sie huldvoll, Mirandolina.

MIRANDOLINA Schonen Sie Ihren erlauchten Blick, Marchese.

Mirandolina ab.

Der Marchese mit den beiden Schauspielerinnen allein.

MARCHESE Sie stammen aus Palermo, Gräfin? Zauberhaft, kennen Sie zufällig die Gräfin Poggia?

DEJANIRA Poggia? Ich erinnere mich dunkel.

MARCHESE Sie müssen sie kennen.

DEJANIRA Ach ja, natürlich. Die süße kleine Poggia. Immer verliebt und ausgelassen.

MARCHESE Wieso? Die Gräfin Poggia ist dreiundachtzig.

DEJANIRA Ja, ja, natürlich. Ich meine, sie sieht blendend aus für ihr Alter, finden Sie nicht?

MARCHESE Ich finde, sie sieht entsetzlich aus.

DEJANIRA Aber Marchese, wie können Sie nur so von uns Frauen reden.

ORTENSIA *will auf sich aufmerksam machen:* Es ist schwül hier.

MARCHESE Sie, Gräfin, haben nichts zu befürchten, wenn Sie mir diesen zarten Wink an die Adresse Ihrer Schönheit erlauben.

DEJANIRA Aber Marchese.

ORTENSIA *laut:* Es ist schwül hier. *Sie öffnet ihr Brusttuch.*

MARCHESE *zu Dejanira:* Schwül? Wieso?

ORTENSIA *öffnet das Brusttuch noch ein bißchen mehr:* Hier ist es schwül!

MARCHESE *wendet sich zu Ortensia, sieht ihren Ausschnitt:* Baronin, ich finde, die Hitze steht Ihnen ausgezeichnet.

ORTENSIA Oh, es ist unerträglich.

MARCHESE Erlauben Sie, daß ich Ihnen etwas Kühlung verschaffe.

Der Marchese fächelt mit den Händen und kommt dabei dem Busen immer näher.

ORTENSIA Oh, diese Hitze.

MARCHESE Diese Berge.

ORTENSIA Diese Sonne.

MARCHESE Diese Monde.

DEJANIRA *laut:* Kennen Sie die Gegend südlich von Palermo, Marchese?

MARCHESE *etwas abwesend:* Ich bin ein Anhänger der nördlichen Hügellandschaft.

DEJANIRA Oh, mein Palermo. Meine Heimat. Dreitausend Hektar Grund und Boden.

MARCHESE *wendet sich abrupt der Gräfin zu:* Darf man daraus schließen, daß Sie sehr vermögend sind, Gräfin?

DEJANIRA Fragen Sie meinen Verwalter. Ich befasse mich nicht mit solchen Dingen.

MARCHESE Das nenne ich Lebensart. Gräfin, verfügen Sie über mich.

DEJANIRA So leid es mir tut, ich werde Ihre Einladung zum Essen annehmen müssen. Mein Gepäck ist noch unterwegs und damit auch mein Geld.

MARCHESE *betroffen:* Essen? Finden Sie Essen um die Mittagszeit nicht etwas ordinär?

Dejanira wirft einen verstohlenen Blick auf die Speisekarte.

DEJANIRA Um diese Zeit bin ich gewohnt, eine Pastete Royal zu verspeisen.

MARCHESE Pastete Royal? Ich …

DEJANIRA Sie auch? Es freut mich, einem echten Gourmet zu begegnen. Dann sind Sie wohl auch der Meinung, daß zu diesem Gericht nur ein Sekt Pommery, Jahrgang 22, paßt?

MARCHESE Sekt Pommery?

DEJANIRA Als Hauptgericht schätze ich Filetti di Lingua.

MARCHESE Filetti di Lingua?

DEJANIRA In Kapernsoße, natürlich.

MARCHESE Natürlich.

DEJANIRA Als Nachspeise kommt natürlich nur ...

MARCHESE Natür ... einen Moment, Gräfin. Kennen Sie den Grafen von Forlinpopoli?

DEJANIRA Ich hatte noch nicht das Vergnügen.

MARCHESE Sie müssen ihn unbedingt kennenlernen. Kommen Sie, ich werde Ihnen den Grafen vorstellen.

DEJANIRA Sie bleiben uns doch hoffentlich erhalten, Marchese?

MARCHESE Ich werde keinen Schritt von Ihrer Seite weichen. Wann, sagten Sie, kommt Ihr Gepäck?

DEJANIRA Mir scheint, Sie adorieren die Wirtin.

MARCHESE Ich bitte Sie. Eine Marotte. Schon vergessen. Jetzt, wo ich meinesgleichen gefunden habe. Kommen Sie, Baronin. Ist Ihnen noch immer schwül?

ORTENSIA Unendlich.

Alle drei ab. Fabrizio tritt auf.

FABRIZIO Bravissimo. Die Sache entwickelt sich wie die Brust einer Nachbarstochter. Ich danke dir, seliger Capone, Schutzpatron aller mittleren und größeren Gaunereien. Ein paar falsche Titel, und schon läuft die Sache richtig.

Fabrizio geht vor an die Rampe.

Finden Sie nicht, daß auf der Welt alles verkehrt ist? Man wird Soldat, bringt die anderen um und bekommt einen Orden. Man wird Rechtsgelehrter, betrügt seine Mitbürger und gilt als belesen. Man leitet ein Theater, langweilt die Zuschauer, und schon gilt man als modern. Man kauft eine Galeere, läßt die Ruderer schuften, und schon ist man ein angesehener Handelsherr. Wissen Sie, woran das liegt?

Zweiter Akt

Das Zimmer des Cavaliere. Ein Tisch. Ein Sessel. Ein Bett. Eine Kommode. Der Cavaliere studiert Dokumente. Es klopft.

CAVALIERE Wer stört mich?

MIRANDOLINA Das Essen.

CAVALIERE Uno momento.

Der Cavaliere läßt die Akten verschwinden.

Kommen Sie, die Tür ist offen.

Der Cavaliere sitzt mit dem Rücken zur Tür. Mirandolina mit einem schweren Tablett.

CAVALIERE Sie wünschen?

MIRANDOLINA Ich wünsche mir, daß Sie einen richtigen Hunger haben.

CAVALIERE Über meinen Appetit hat sich noch keiner meiner Ärzte beklagt.

MIRANDOLINA Dann wünsche ich eine gesegnete Mahlzeit.

CAVALIERE Danke verbindlichst. Ich werde zum Essen erscheinen.

MIRANDOLINA Bitte höflichst. Das Essen ist schon erschienen.

CAVALIERE Aber es ist doch üblich, daß der Kellner serviert.

MIRANDOLINA Der übliche Kellner ist sehr beschäftigt. Da dachte ich …

CAVALIERE Denken Sie, was Sie wollen. Ich speise später.

MIRANDOLINA Herr Cavaliere, darf ich das Tablett abstellen, mir fällt sonst das Wildschwein auf die Füße.

CAVALIERE Wildschwein?

MIRANDOLINA Wildschwein in Weinsoße mit gebratenen Mandeln.

CAVALIERE Eine Delikatesse.

MIRANDOLINA Dann befehlen Sie mir doch zu servieren.

CAVALIERE Gut. Stellen Sie das Tablett dort auf die Kommode.

MIRANDOLINA Es paßt nicht auf die Vase.

CAVALIERE Dann stellen Sie eben die Vase weg.

MIRANDOLINA Sie paßt so gut auf die Kommode.

CAVALIERE Mirandolina, meine Geduld wird immer kürzer.

MIRANDOLINA Cavaliere, meine Arme werden immer länger.

CAVALIERE Dann stellen Sie das Tablett auf den Boden.

Mirandolina stellt das Tablett auf den Boden. Kurze Pause. Sie macht ein anzügliches Zeichen. Der Cavaliere dreht sich kurz um. Mirandolina lächelt.

CAVALIERE Sind Sie noch immer hier?

MIRANDOLINA *privat:* Nein.

Mirandolina geht vor an die Rampe.

Dem werden die Graniteier auch noch kochen, das schwöre ich Ihnen. Wenn nicht, bekommen Sie Ihr Eintrittsgeld zurück.

Mirandolina ab.

Der Cavaliere steht auf und kniet sich zum Tablett. Er öffnet den Deckel einer Terrine und kostet. Er macht ein verzücktes Gesicht. Mirandolina tritt auf.

CAVALIERE Sie? Schon wieder? Warum klopfen Sie nicht an?

Der Cavaliere setzt sich schnell zum Tisch.

MIRANDOLINA Verzeiht, Cavaliere, ich habe dreimal geklopft.

CAVALIERE Ich habe nichts gehört.

MIRANDOLINA Herr Cavaliere waren vermutlich in bedeutende Gedanken versunken.

CAVALIERE Was wollen Sie?

MIRANDOLINA Ach ja, es tut mir aufrichtig leid, daß ich Sie noch einmal stören muß. Ich habe das Besteck vergessen. Darf ich es auf den Tisch legen?

CAVALIERE Legen Sie und gehen Sie!

MIRANDOLINA *legt das Besteck fachmännisch auf den*

Tisch: Ein schön gedeckter Tisch ist doch die halbe Mahlzeit. *Schaut kurz auf das Tablett.* Verzeihen Sie, zuerst bringe ich die Gerichte und vergesse das Besteck. Jetzt bringe ich das Besteck und vergesse die Gerichte. *Sie geht zum Tablett, trägt es zum Tisch und serviert – alles mit größter Selbstverständlichkeit.* So. Jetzt können sich Herr Cavaliere nach Herzenslust bedienen. *Sie öffnet den Deckel einer Terrine.* Kosten Sie doch!

CAVALIERE Ich esse grundsätzlich allein.

MIRANDOLINA Tun Sie mir den kleinen Gefallen und kosten Sie. Ich möchte zu gerne wissen, ob ich Ihren Geschmack getroffen habe.

Der Cavaliere kostet vorsichtig.

MIRANDOLINA Nun? Schmeckt es wie zu Hause?

CAVALIERE Wieso zu Hause?

MIRANDOLINA Ich meine, wenn Ihre Mutter kocht.

CAVALIERE Kochen? Meine Mutter? Dafür sind die Diener zuständig.

MIRANDOLINA Und doch gibt es Dinge, für die nur eine Mutter zuständig sein kann. Man ist krank oder traurig. Ihre Mutter kommt und streichelt Sie. Sie küßt Ihre Tränen von den heißen Wangen. Sie hält Ihre Hand und flüstert Worte, die alles wieder gutmachen. Herr Cavaliere kennen das sicher.

CAVALIERE Hören Sie auf, Mirandolina!

MIRANDOLINA Ich rede über so nebensächliche Dinge, und Sie haben bestimmt schon einen Riesenhunger. Ein richtiger Braten muß auf der Zunge zergehen, er muß den Gaumen verwöhnen, wie eine Violine das Ohr. Man öffnet den Mund, schließt die Augen und lauscht.

Mirandolina steckt dem Cavaliere ein Stück Braten in den Mund. Der Cavaliere kaut und macht ein schiefes Gesicht.

MIRANDOLINA Schmeckt's?

CAVALIERE Nicht übel.

MIRANDOLINA Gut?
CAVALIERE Ganz gut.
MIRANDOLINA Wirklich sehr gut?
CAVALIERE Beinahe hervorragend.
MIRANDOLINA So, ausgezeichnet?
CAVALIERE Hinreißend.
MIRANDOLINA Aber Cavaliere, was machen Sie für Komplimente. Ich denke, es schmeckt nicht übel.
CAVALIERE Würde es Sie sehr stören, wenn Sie mir noch einen Bissen …
MIRANDOLINA Soviel Sie wollen. Ich bin bereit, Ihnen alles zu servieren …

Der Cavaliere verschluckt sich.

CAVALIERE Wie meinen Sie das?
MIRANDOLINA Es macht mir Freude, Sie zu bedienen.
CAVALIERE Und warum? Was verfolgen Sie damit? Was versprechen Sie sich davon? Sie müssen doch irgendeinen Grund haben? Irgendeinen Vorteil. Bilden Sie sich nicht ein, daß ich mich in Sie verliebe.
MIRANDOLINA Deshalb fühle ich mich auch so wohl in Ihrer Gegenwart.
CAVALIERE Ich verstehe Sie nicht.
MIRANDOLINA Können Sie nicht verstehen, was es heißt, nie einen Menschen zu haben, mit dem man reden kann?
CAVALIERE Ich glaube, ich kann Sie verstehen.
MIRANDOLINA Dem man sagen kann, was man denkt und fühlt.
CAVALIERE Oh, ich verstehe Sie.
MIRANDOLINA Oft redet man mit sich selber, vor lauter Einsamkeit.
CAVALIERE Wie ich Sie verstehe … als Wirtin reden Sie doch den ganzen Tag.
MIRANDOLINA Aber versteht mich denn jemand? Ich rede von der Wäsche, aber die Herren verstehen Bett. Ich rede vom Obst, und die Herren denken an Busen. Die Män-

ner denken immer nur an das eine. Ich verachte sie. Aber Sie, Sie sind so anders als die andern. Wenn Sie Bett sagen, so meinen Sie einen Ort zur Verrichtung des Nachtgebets. Wenn Sie Busen hören, denken Sie an eine Meerenge. Bei Schenkel fallen Ihnen Frösche ein. Sie sind der erste Mann, der mich versteht.

CAVALIERE Sie sind die erste Frau, mit der ich mich verständigen könnte.

MIRANDOLINA Darauf müssen wir einen trinken.

Mirandolina nimmt die Flasche und schenkt ein.

Trinken Sie, Cavaliere. Auf das Wohl eines echten Mannes.

Der Cavaliere macht einen kleinen Schluck.

Schmeckt Ihnen der Wein nicht?

CAVALIERE Durchaus.

MIRANDOLINA Dann trinken Sie doch.

Der Cavaliere trinkt. Mirandolina läßt das zweite Glas verschwinden.

CAVALIERE Köstlich.

MIRANDOLINA Nur ein schlichter Burgunder.

CAVALIERE Welcher Jahrgang? Lassen Sie mich raten. Ich tippe auf …

MIRANDOLINA Erraten.

CAVALIERE Jahrgang 33.

MIRANDOLINA Cavaliere haben einen phänomenalen Gaumen.

CAVALIERE Bei Weinen kenne ich mich aus.

MIRANDOLINA Darauf müssen wir einen trinken.

Mirandolina schenkt nach.

Trinken Sie, Cavaliere. Auf das Wohl eines echten Kenners.

Der Cavaliere trinkt. Mirandolina schenkt nach.

MIRANDOLINA Salute, Cavaliere. Trinken Sie. Erst beim zweiten Glas kommt man so richtig auf den Geschmack.

CAVALIERE Aber das ist doch schon das vierte.

MIRANDOLINA Dann müssen Sie vorher noch das dritte trinken. Salute und ex.
Der Cavaliere trinkt.

CAVALIERE Was sagten Sie soeben? Ex? Was heißt das?

MIRANDOLINA Das sagen die Arbeiter, wenn sie ihren Grappa trinken.

CAVALIERE Und was sagen die Arbeiter noch? Zu einer Wirtin, zum Beispiel?

MIRANDOLINA Sie sagen, trink mit, Schöne …

CAVALIERE Also dann, trink mit, Schöne …

MIRANDOLINA Aber Exzellenz. Das würde ich nie wagen. Ich bin nur eine einfache Pächterin.

CAVALIERE Und ich bin nur ein einfacher Cavaliere. Sagen Sie schlicht und einfach Hoheit zu mir. Ein Witz! Darauf müssen wir einen trinken. Nachbarin, Ihr Fläschchen. Ich meine, Pächterin, Ihr Gläschen.

MIRANDOLINA Es tut mir leid, es gibt nur Ihres.

CAVALIERE Wieso? Wo ist das zweite?

MIRANDOLINA Herr Cavaliere trinken doch immer allein.

CAVALIERE Allein? Sie haben recht. Ich trinke immer allein. Ich bin ein alleinstehender Trinker. Trinken Sie mit mir. Aus meinem Glas.

MIRANDOLINA Das würde ich nie wagen.

CAVALIERE Ich befehle es. Verzeihen Sie. Ich bitte Sie. Nur einen kleinen Schluck.

MIRANDOLINA Nur kosten. *Sie nimmt das Glas des Cavaliere.* Von welcher Seite haben Sie getrunken? Von dieser? Gut. Dann werde ich die andere Seite nehmen.
Stummes Spiel. Mirandolina trinkt von der anderen Seite des Glases. Sie gibt dem Cavaliere das Glas. Der Cavaliere nimmt sein Seidentuch und reinigt den Trinkrand des Glases. Der Cavaliere trinkt und gibt das Glas Mirandolina. Mirandolina trinkt von derselben Stelle wie der Cavaliere. Sie gibt dem Cavaliere das Glas. Der Cavaliere trinkt von derselben Stelle wie Mirandolina.

MIRANDOLINA Sie lächeln, Cavaliere?

CAVALIERE Nicht daß ich wüßte.

MIRANDOLINA Ich weiß, Cavaliere.

CAVALIERE Sie müssen sich irren.

MIRANDOLINA Es steht Ihnen gut. Helle Lippen, dunkler Bart.

CAVALIERE *greift sich aufs Kinn:* Bin ich schlecht rasiert?

MIRANDOLINA Im Gegenteil. Sie müssen eine zarte und feine Haut haben.

CAVALIERE Eine zarte und feine Haut?

MIRANDOLINA Es gefällt den Frauen.

CAVALIERE Aber die Frauen gefallen mir doch nicht.

MIRANDOLINA Das gefällt mir so an Ihnen. Wissen Sie, daß ich Sie aufrichtig bewundere. Wenn Ihnen eine Frau auf die Schultern klopfen würde – *sie legt ihre Hand auf seine Schulter* – hätten Sie dasselbe Gefühl wie bei einem schlecht sitzenden Hosenträger. *Sie bewegt ihre Hand.* Es würde Ihnen vorkommen wie eine Lappalie, wie eine Fliege, die Ihrem Nasenloch zu nahe gekommen ist. *Sie bewegt ihre Hand.* Sie würden nicht das geringste empfinden. Es wäre für Sie wie das Gesicht eines Bettlers, das Sie gelangweilt übersehen. Wenn man Ihre Haare berühren würde. *Sie tut es.* Sie hielten es für den unnötigen Wind aus der Lagune. Und würde man, geschweige, Ihre Wangen streicheln. *Sie tut es. Der Cavaliere springt auf.*

CAVALIERE Mir ist schwindlig.

MIRANDOLINA Sie müssen sich setzen.

CAVALIERE Nein. Sie müssen sich setzen.

MIRANDOLINA Cavaliere, ich bin nur eine einfache Serviererin, eine Magd des Herrn.

CAVALIERE Nehmen Sie doch Platz.

MIRANDOLINA Und wo werden Sie sitzen, wenn ich sitze?

CAVALIERE Das wird sich finden.

MIRANDOLINA Dann bleibe ich lieber stehen.

CAVALIERE Setzen Sie sich auf der Stelle.

MIRANDOLINA Wenn Sie mich so nett bitten …
CAVALIERE Seien Sie so nett und setzen Sie sich.
MIRANDOLINA … dann macht es mich direkt glücklich …
CAVALIERE Ich würde mich glücklich schätzen, wenn Sie sich setzen.
Mirandolina geht zum Bett.
MIRANDOLINA … glücklich schätzen, dem Herrn Cavaliere eine Freude zu bereiten. Ich setze mich hierher.
CAVALIERE Mirandolina, das ist das Bett!
MIRANDOLINA Wieso, was haben Sie gegen Ihr Bett?
CAVALIERE Sie … Sie sitzen auf meinem Bett.
MIRANDOLINA Wissen Sie, wenn man sich ein bißchen ausstreckt, sitzt man gar nicht so schlecht.
Der Cavaliere setzt sich auf den Stuhl und starrt auf Mirandolina. Mirandolina räkelt sich. Der Cavaliere schenkt sich ein und trinkt. Räkeln – Schauen – Trinken – Pause.
MIRANDOLINA Schweigen macht durstig.
Der Cavaliere trinkt.
MIRANDOLINA Sie werden lachen. Ich könnte einen Schluck vertragen.
CAVALIERE Bitte. Bedienen Sie sich.
MIRANDOLINA *tut so, als wollte sie aufstehen:* Das dauert aber seine Zeit, bis man aus dem Bett kommt.
CAVALIERE Warten Sie, ich bringe Ihnen das Glas.
MIRANDOLINA Und woraus werden wir nachschenken?
CAVALIERE Gut. Ich nehme die Flasche mit.
MIRANDOLINA Und worauf werden wir das Ganze stellen?
CAVALIERE Der Tisch. Ich bringe den ganzen Tisch.
Der Cavaliere hebt den Tisch.
CAVALIERE Ich wanke, Madame.
MIRANDOLINA Das wird der Tisch sein, Cavaliere.
Der Cavaliere will zum Stuhl gehen, landet aber mit einer eleganten Drehung und mit einer kleinen Nachhilfe von Mirandolina auf dem Bett.

MIRANDOLINA Nicht so stürmisch, Herr.
CAVALIERE Ich wollte eigentlich …
MIRANDOLINA Einen trinken. Das lob ich mir!
Mirandolina gibt ihm das Glas. Der Cavaliere trinkt.
MIRANDOLINA Wie fühlen Sie sich?
CAVALIERE *mühsam:* Ich bin der Cavaliere von Rippafratta!
MIRANDOLINA Der Mann, der die Frauen haßt.
CAVALIERE *noch mühsamer:* Jawohl.
MIRANDOLINA Die Frau ist ein minderes Wesen.
CAVALIERE Jawohl.
Mirandolina rückt mit jedem Satz ein Stück näher.
MIRANDOLINA Sie kann nicht denken.
CAVALIERE Jawohl.
MIRANDOLINA Sie ist geil und dumm.
CAVALIERE Jawohl.
MIRANDOLINA Man muß sie behandeln wie eine Sklavin.
CAVALIERE Jawohl.
MIRANDOLINA Sie verdient es nicht anders.
CAVALIERE Jawohl.
Mirandolina ist ganz nahe.
MIRANDOLINA Ein echter Mann …
CAVALIERE Jawohl.
MIRANDOLINA … meidet ihre Nähe!
CAVALIERE *voller Qual:* Jawohl!
Der Cavaliere versucht, Mirandolina zu umarmen. Sie rückt schnell von ihm ab.
CAVALIERE Ich …
MIRANDOLINA Sie sind ein echter Mann!
CAVALIERE Ich …
Der Cavaliere rückt mit jedem Satz näher.
MIRANDOLINA Unnahbar und stolz.
CAVALIERE Ich …
MIRANDOLINA Hart, aber gerecht.
CAVALIERE Ich …

MIRANDOLINA Im Felde ungeschlagen.
CAVALIERE Ich …
MIRANDOLINA Im Innersten wahrhaftig.
CAVALIERE Ich …
MIRANDOLINA Ein Mann, wie er im Buche steht.
CAVALIERE Ich …
Er streckt die Hand nach Mirandolina aus. Mirandolina nimmt seine Hand und schüttelt sie.
MIRANDOLINA Ich gratuliere.
CAVALIERE Ich kann nicht mehr!
MIRANDOLINA *zum Publikum:* Hoffentlich kommt jetzt kein Monolog.
CAVALIERE Hören Sie mich an. Ich bitte Sie. Vielleicht bin ich betrunken und weiß nicht, was ich sage. Aber es ist mir alles gleichgültig. Alles dreht sich. Was haben Sie gesagt? Man hat nie einen Menschen, mit dem man reden kann? Hören Sie mich an. Hören Sie mich bitte an. Sie sind der erste Mensch, mit dem ich so rede. Ich komme mir vor wie eine Wüste, auf die der Regen fällt. Wissen Sie, wie ich lebe? Mein Haus? Wie es aussieht? Da stehen weiße Statuen, eine neben der anderen. Wenn Sie genau hinsehen, sehen Sie mich – irgendwo in einer Reihe. Ich trage das Antlitz meiner Familie. Alles ist aus Stein. Alles ist aus Stein. Wenn Sie mich ansehen, bricht der Fels aus meinem Körper. Das Herz überschreitet die Grenzen der Brust. Meine Hände verlieren ihre Richtung. Die Worte, die Sätze fluten über die Dämme der Lippen. Ihr Strom kennt nur eine Richtung, nur ein Ziel. Nur ein Gedanke pocht rasend gegen meine Stirn. Ich …
Es klopft.
MIRANDOLINA Es klopft.
Es klopft wieder. Der Cavaliere ist wie vom Blitz getroffen. Er starrt auf die Tür. Starrt auf Mirandolina. Er nimmt eine Decke und deckt Mirandolina hastig zu.

Dann stürzt er zum Sessel – der ja bekanntlich einige Meter entfernt ist – und setzt sich blitzartig.

CAVALIERE Avanti!

Der Marchese tritt auf.

MARCHESE Ah, Cavaliere, Ich wünsche Ihnen eine gesegnete Mahlzeit. *Stutzt:* Sie sitzen aber merkwürdig!

CAVALIERE Ich ... ich denke nach.

MARCHESE Über die Frauen? Ach, Sie wissen nicht, was Sie versäumen. Sie haben nie erlebt, was die Nähe einer aufregenden Frau bedeutet. Soll ich Ihnen ein Geheimnis verraten? Gerade jetzt bin ich unendlich verliebt.

CAVALIERE In die Wirtin.

MARCHESE Mirandolina? Die Dame, die ich meine, ist ...

CAVALIERE Eine Fee?

MARCHESE Ja.

CAVALIERE Eine Göttin?

MARCHESE Ja.

CAVALIERE Eine Heilige?

MARCHESE Ja.

CAVALIERE Das muß Mirandolina sein.

MARCHESE Sind Sie krank? Ich meine die Gräfin Dejanira del Pomade aus Palermo. Schwerreich. Wenn ich nur an sie denke, überschreitet mein Herz die Grenzen der Brust. Meine Hände verlieren ihre Richtung. Aber das sagt Ihnen wohl gar nichts, wie? Wie schmeckt Ihnen dieser Wein?

Der Marchese geht zum Tisch und will sich aufs Bett setzen.

CAVALIERE Bei Gott. Bleiben Sie stehen!

MARCHESE Aber Cavaliere. Wenn zwei Herren ein Gläschen miteinander trinken, ziemt es sich nicht, daß einer steht. Das wäre unhöflich.

Der Marchese setzt sich.

MARCHESE Finden Sie Ihre Matratze nicht etwas uneben? Merkwürdig. *Er greift:* Lang ... rund ...

CAVALIERE Das ist … eine Mirandoline!

MARCHESE Mirandoline?

CAVALIERE Äh … Mandoline.

MARCHESE Mandoline? Im Bett?

CAVALIERE Ein teures Instrument, es braucht Wärme.

MARCHESE Merkwürdig. Diese Form. Ein neues Modell?

CAVALIERE Warum trinken wir nicht, Marchese?

MARCHESE Wenn Sie mich dazu verführen. Ist das Ihr Glas?

CAVALIERE Ja.

MARCHESE Dann nehmen Sie meines.

Der Marchese zieht ein winziges Glas aus der Tasche, schenkt ein und trinkt selber aus dem großen.

MARCHESE Nicht übel. Lassen Sie mich raten. Valpolicella, Jahrgang 38?

CAVALIERE Erraten.

MARCHESE Bei Weinen kenne ich mich aus. Aber diese Mandoline ist mir ein Rätsel.

CAVALIERE Was macht der Graf?

MARCHESE Dieser Neureiche hat sich natürlich sofort auf die Baronin gestürzt. Er verliert keine Gelegenheit, mit seinem Geld zu protzen.

CAVALIERE Baronin?

MARCHESE Baronin Ortensia Delicata del Corpus aus Castelgandolfo. Die Begleitung meiner Gräfin. O Dejanira. Pomade aus Palermo! Mein Schwärmen ist Ihnen ein Rätsel, wie?

CAVALIERE Und wo befindet sich Ihre Gräfin?

MARCHESE Sie diniert mit der Baronin und dem Grafen.

CAVALIERE Und Sie?

MARCHESE Ich … ich achte auf meine Linie.

CAVALIERE Das Wildschwein ist äußerst mager.

MARCHESE Wenn Sie meinen.

CAVALIERE Die Nachspeise ist nur zu empfehlen.

MARCHESE Also, wenn Sie mich zwingen.

Der Marchese fängt an, gierig zu essen.

CAVALIERE Nehmen Sie das ganze Tablett und gehen Sie. Wie gesagt, ich meditiere gerade.

Der Marchese nimmt das Tablett, steht auf und schaut aufs Bett.

MARCHESE Merkwürdig. Diese Mandoline. Wenn ich nicht genau wüßte, daß Sie die Frauen hassen, ich würde sagen ...

CAVALIERE Mahlzeit! Gehen Sie endlich!

Der Marchese ab.

Der Cavaliere stürzt zum Bett, reißt die Decke herunter und nimmt seinen Monolog wieder auf.

CAVALIERE Wenn Sie mich ansehen, bricht der Fels aus meinem Körper. Das Herz überschreitet die Grenzen der Brust. Meine Hände verlieren ihre Richtung. Die Worte, die Sätze fluten über die Dämme meiner Lippen. Ihr Strom kennt nur eine Richtung, nur ein Ziel. Nur ein Gedanke pocht rasend gegen meine Stirn. Ich ...

Es klopft.

Der Cavaliere starrt auf die Tür. Er deckt Mirandolina hastig zu und stürzt wieder zum Stuhl. Setzt sich.

CAVALIERE Avanti!

Der Graf von Forlinpopoli tritt ein.

GRAF Ah, Cavaliere. Wie ich höre, spielen Sie Mandoline. *Stutzt:* Sie sitzen aber merkwürdig!

CAVALIERE Ich ... ich übe.

GRAF Ohne Instrument?

CAVALIERE Ich ... ich bin Anfänger.

GRAF Dann wird Sie mein Besuch besonders freuen. Ich bin Experte.

CAVALIERE Zauberhaft. Würden Sie jetzt bitte dieses Zimmer ...

GRAF Mandoline. Die Göttin der Instrumente. Der zarte Hals, die sanft geschwungene Birne mit dem Loch. Wissen Sie, daß die kleinsten Löcher oft die beste Resonanz geben?

CAVALIERE Tatsächlich? Würden Sie jetzt bitte dieses Zimmer ...

GRAF Es ist wunderbar, welche Töne man ihr entlocken kann. Zupfen Sie oder streichen Sie?

CAVALIERE Wie bitte?

GRAF Ob Sie die Finger verwenden?

CAVALIERE Die Finger? Ja, ja, natürlich. Würden Sie jetzt bitte dieses Zimmer ...

GRAF Für den Anfang ist das richtig. Die Finger müssen sich gewöhnen. Aber später sollten Sie das Stäbchen nehmen.

CAVALIERE Stäbchen?

GRAF Stäbchen. Die Florentiner nennen es Pen ...

CAVALIERE Pen ...?

GRAF Penna. Es gibt längere und kürzere. Ein richtiger Kenner läßt es gleiten.

CAVALIERE Gleiten?

GRAF Ohne Hast!

CAVALIERE Würden Sie jetzt bitte dieses Zimmer ...

GRAF Ohne Gewalt.

CAVALIERE Ohne Gewalt ...

GRAF Ein sanfter Druck genügt.

CAVALIERE Genügt ...

GRAF Und dann ...

CAVALIERE Und dann?

GRAF Tempo!

CAVALIERE Tempo?

GRAF Tempo. Tempo. Schneller Rhythmus. Fortissimo. Der ganze Klangkörper muß vibrieren.

CAVALIERE Vibrieren?

GRAF Und dann ...

CAVALIERE Dann?

GRAF Wenn die Mandoline in allen Tönen aufrauscht ... dann ...

CAVALIERE Dann?

GRAF Dann ... geben Sie mir Ihr Instrument. Ich werde mit Ihnen üben.

CAVALIERE Nein, nein. Ein andermal. Würden Sie jetzt bitte dieses Zimmer ...

Ortensia schaut kurz herein.

ORTENSIA Was ist, Graf? Warum kommen Sie nicht? Wir wollten doch ein wenig lustwandeln, oder?

GRAF Ah, Baronin, ich eile. *Zum Cavaliere:* Ein entzückendes Geschöpf. Feinster Adel. Solche Brüste, wenn ich sie nur ansehe, überschreitet mein Herz die Grenzen der Brust. Meine Hände verlieren ihre Richtung.

CAVALIERE Würden Sie jetzt endlich dieses Zimmer ...

GRAF Ich weiß, Sie hassen die Frauen. Mein Beileid. Kommen Sie, Baronin. Der Cavaliere kann die Nähe einer Frau nicht ertragen.

Der Graf und Ortensia ab.

Der Cavaliere stürzt zum Bett, reißt die Decke herunter und nimmt den Monolog wieder auf.

CAVALIERE Wenn Sie mich ansehen, bricht der Fels aus meinem Körper. Das Herz überschreitet die Grenzen der Brust. Meine Hände verlieren ihre Richtung. Die Worte, die Sätze fluten über die Dämme meiner Lippen.

MIRANDOLINA Genauso reden die Herren, wenn sie verliebt sind. Wie Sie das nachmachen können. Sagenhaft.

Mirandolina steht auf und geht zur Tür.

Der Cavaliere ihr nach.

CAVALIERE Ihr Strom kennt nur eine Richtung, nur ein Ziel. Nur ein Gedanke pocht rasend gegen meine Stirn.

MIRANDOLINA Kompliment, Cavaliere. Sie sind wirklich ein großartiger Schauspieler.

CAVALIERE Noch nie haben diese Schläfen solches gedacht. Gedanke, entblöße dich zum Geständnis. Noch nie hat dieser Mund solches gesprochen. O Weib. Meine Sehnsucht verschlingt die Entfernung.

MIRANDOLINA Genau, exakt der Ton.

CAVALIERE Mein Blut tobt in den Adern ... ein Wort ... ein Blick ...

MIRANDOLINA Diese Verstellung. Unglaublich.

Mirandolina geht schnell ab. Der Cavaliere trommelt gegen die Tür.

CAVALIERE *schreit:* Mirandolina!!!

Fabrizio öffnet die Tür.

Der Cavaliere fällt ihm um den Hals.

FABRIZIO Sie wünschen, Exzellenz?

CAVALIERE *wirr:* Wer sind Sie?

FABRIZIO Ich heiße Fabrizio und bin seit Beginn dieses Stückes der Kellner.

CAVALIERE Und sei Er der letzte unter den Irdischen. Er soll als erster von meinem Glück erfahren.

FABRIZIO Wie bitte?

CAVALIERE So höre mich, o Welt.

FABRIZIO Sind Exzellenz um eine Million reicher geworden?

CAVALIERE Ich rede nicht von Geld, einfacher Mensch. Kennt Er Mirandolina?

FABRIZIO Die Chefin? Natürlich.

CAVALIERE *schwärmerisch:* Was für eine Frau!

FABRIZIO *für sich:* Porca madonna! Der auch noch!

CAVALIERE Unbeschreiblich.

FABRIZIO Ja, ja.

CAVALIERE Ich habe so etwas noch nie gesehen.

FABRIZIO Na ja. Haben Sie schon einmal ihre Beine gesehen? Ein bißchen dick, finden Sie nicht?

CAVALIERE Wie, Was?

FABRIZIO Krampfadern hat sie auch. Hier auf der linken Wade. Das kommt vom langen Stehen hinter der Theke.

CAVALIERE Was redet Er?

FABRIZIO Mit der Verdauung klappt's bei ihr überhaupt nicht.

CAVALIERE Verdauung?

FABRIZIO Das Süßeste an ihr ist ein Muttermal. So groß. Sieht aus wie das Ohr eines Negers.

CAVALIERE Ein Neger?

FABRIZIO Leider kann man es nicht sehen. Die Brust hängt ein bißchen drüber.

CAVALIERE Hängt drüber ... woher weiß Er das, verdammte Kreatur! Antworte.

FABRIZIO Woher ich das weiß? Das wissen doch alle.

CAVALIERE Alle?

FABRIZIO So ist unsere Wirtin. Hin und wieder eine Runde, da hat sie nichts dagegen.

CAVALIERE Eine Runde?

FABRIZIO Na ja, eine Nummer.

CAVALIERE Eine Nummer?

FABRIZIO Wie sagt man bei Ihnen? Unzucht?

CAVALIERE Nein!!!

FABRIZIO Wenn sie länger als drei Tage nichts zwischen die Beine bekommt, wird sie richtig unausstehlich.

CAVALIERE Bei Gott!

FABRIZIO Aber sonst ist sie ein netter Mensch. Da gibt es nichts zu sagen.

CAVALIERE Wenn du lügst, Kerl ...

FABRIZIO Bei meiner Soldatenehre, Herr!

CAVALIERE Er hat gedient?

FABRIZIO Viertes Bataillon. Zweites Regiment. Erste Kompanie.

CAVALIERE *bestürzt:* Rippafratta, was hast du getan? Diese Schande. Diese Beleidigung! Alle Weiber sind Huren. Ich werde diesen Sumpf ausrotten, bis in seine verdorbenen Quellen. Es wird Zeit, daß ich die Karten auf den Tisch lege. Hier wird Zucht und Ordnung einkehren, so wahr ich Rippafratta heiße!

Der Cavaliere wütend ab.

Fabrizio geht an die Rampe.

FABRIZIO Komme ich denn nie an mein Ziel? Kaum tritt

man einen Akt lang nicht auf, schon bevölkert ein neuer Liebhaber die Szene. Kaum läßt man Mirandolina eine Viertelstunde aus den Augen, schon verwandelt sich eine blutleere Sardine in einen scharfen Haifisch. Gott sei Dank habe ich ihm noch rechtzeitig ein paar Zähne gezogen. Dieser Cavaliere. Erst haßt er die Weiber, und plötzlich redet er, als hätte er einen Engel verschluckt. Seltsam, diese hohen Herrschaften. Wenn ihnen die Hosen zu eng werden, reden sie von den unendlichen Weiten der Sehnsucht. Der Arsch zittert ihnen vor Geilheit, aber sie reden von der Seele, die ihr Innerstes bewegt. Der Speichel tropft ihnen aus dem Maul, aber sie nennen es eine Erregung, die sanft über die Dämme ihrer Lippen flutet. Es muß was Schönes um die Bildung sein.

Dritter Akt

Bühnenbild wie im ersten Akt, die Gaststube. Mirandolina tritt auf.

MIRANDOLINA Kommen Sie, Cavaliere. Kommen Sie. Jetzt, wo der Funke gezündet hat, wollen wir das Feuer schüren. Noch brennen Sie mir zu wenig. Ich will Sie am Boden haben. Hier sollen Sie knien und Ihre adelige Liebe in meine schmutzige Schürze stammeln. Wetten, daß er jeden Moment hier auftaucht, um mit inniger Stimme zu flöten: Mirandolina. Mirandolina.

Der Cavaliere brüllt hinter der Kulisse.

CAVALIERE Mirandolina!!!

MIRANDOLINA Nanu?

Der Cavaliere tritt auf.

CAVALIERE *brüllt:* Sie!

MIRANDOLINA Womit kann ich dienen?

CAVALIERE Schweigen Sie.

MIRANDOLINA Wenn ich Ihnen damit dienen kann?

CAVALIERE Ich habe mit Ihnen zu reden.

MIRANDOLINA Dann werde ich schwerlich mit Ihnen schweigen können.

CAVALIERE Machen Sie nur so weiter. Kennen Sie die Besitzverhältnisse dieses Hauses?

MIRANDOLINA *verblüfft:* Nanu? Ich verstehe nicht?

CAVALIERE Sie werden mich gleich viel besser verstehen.

MIRANDOLINA Sie brauchen nicht zu schreien. Ich verstehe Sie auch so.

CAVALIERE Werden Sie nicht frech. Ich weiß alles.

MIRANDOLINA Jetzt verstehe ich überhaupt nichts mehr.

CAVALIERE So? Ich sage nur eines, Krampfadern.

MIRANDOLINA Sie haben Krampfadern, Cavaliere? Kann ich mir nicht denken.

CAVALIERE Denken Sie an den Neger.

MIRANDOLINA Neger?
CAVALIERE Muttermal!
MIRANDOLINA Ein Neger mit Muttermal? Wovon reden Sie eigentlich, Cavaliere?
CAVALIERE Sie wissen nicht, wovon ich rede? Die ganze Stadt weiß es.
MIRANDOLINA Dann weiß sie mehr als ich.
CAVALIERE Leugnen Sie nicht!
MIRANDOLINA Wenn Sie mir nur endlich sagen würden, was ich nicht leugnen soll?
CAVALIERE Hin und wieder eine Runde. So heißt das doch in Ihren Kreisen?
MIRANDOLINA Eine Runde?
CAVALIERE Na ja, eine Nummer.
MIRANDOLINA Eine Nummer!?
CAVALIERE Unzucht!
MIRANDOLINA Cavaliere, was reden Sie?
CAVALIERE Die Wahrheit!
MIRANDOLINA Sie glauben also, daß ich …
CAVALIERE Ich weiß.
MIRANDOLINA Und darf man wissen, von wem Sie das so genau wissen?
CAVALIERE Fragen Sie Ihren Kellner.
MIRANDOLINA Fabrizio?
CAVALIERE Der nämliche.

Mirandolina lächelt.

MIRANDOLINA Fabrizio? Und Sie glauben ihm?
CAVALIERE Jedes Wort.
MIRANDOLINA Ich kann Sie gut verstehen.
CAVALIERE Was soll das heißen?
MIRANDOLINA Wissen Sie, dieser Fabrizio ist im Grunde genommen ein netter Kerl. Sein Vater war ein Säufer und seine Mutter eine Hure.
CAVALIERE Das interessiert mich nicht.
MIRANDOLINA Das sage ich auch immer. Es interessiert

mich nicht. Mit vierzehn hat er einen Priester ertränkt. Aber bitte. Man muß Vertrauen zu ihm haben ...

CAVALIERE Ertränkt?

MIRANDOLINA Mit Weihwasser. Mit achtzehn hat er seine Mutter vergewaltigt. Sie verstehen, das Milieu.

CAVALIERE Seine Mutter?

MIRANDOLINA Und die Schwestern. Fabrizio, sage ich immer, du hast eine schreckliche Jugend hinter dir.

CAVALIERE Ihre Geschichten sind zu phantastisch. Ich glaube Ihnen kein Wort. Der Mann war Soldat.

MIRANDOLINA Merkwürdig. Warum versteckt er sich dann immer?

CAVALIERE Er versteckt sich?

MIRANDOLINA Vor der Militärkommission.

CAVALIERE Ein Deserteur?

MIRANDOLINA Der Krieg soll mich am Arsch lecken, sagt er. Diese jungen Leute. Na ja, man muß auch dafür Verständnis aufbringen.

CAVALIERE Ist das die Wahrheit, Mirandolina?

MIRANDOLINA Man darf nicht lügen, Fabrizio, sage ich zu ihm. Man kann eine Schauspielerin nicht für eine Gräfin ausgeben.

CAVALIERE Schauspielerin?

MIRANDOLINA Die Gräfin Dejanira del Pomade aus Palermo.

CAVALIERE Und ihre Begleitung?

MIRANDOLINA Auch nicht echt.

CAVALIERE Der Marchese ...

MIRANDOLINA Betrogen.

CAVALIERE Der Graf ...

MIRANDOLINA Belogen. Jaja, dieser Fabrizio. Im Grunde genommen ist er ja doch ein lieber Kerl. Man muß ihm einfach glauben.

CAVALIERE Wenn ich Ihnen nur glauben könnte!

MIRANDOLINA Was hat Fabrizio Ihnen da von einem Muttermal erzählt!

CAVALIERE So groß.
MIRANDOLINA Und wo soll es sich befinden?
CAVALIERE Das tut nichts zur Sache.
MIRANDOLINA Nun sagen Sie schon.
CAVALIERE Hier.
MIRANDOLINA Auf der Brust?
CAVALIERE Etwas darunter.
MIRANDOLINA *wandert mit dem Finger langsam zur Brust:* Höher?
CAVALIERE Etwas höher!
MIRANDOLINA Noch höher?
CAVALIERE Halt.
MIRANDOLINA Unter der Brust?
CAVALIERE Ungefähr.
MIRANDOLINA Nun gut, Cavaliere. Es wird Zeit, daß die Wahrheit ans Tageslicht kommt.
CAVALIERE Um Gottes willen, was machen Sie?
MIRANDOLINA Ich werde Ihnen etwas beweisen.

Mirandolina beginnt langsam, ihren Busen zu entblößen.

CAVALIERE Halt. Im Namen der Sittlichkeit!
MIRANDOLINA Ich handle im Namen der Gerechtigkeit.
CAVALIERE Nein.

Der Cavaliere hält sich die Hand vor die Augen.

MIRANDOLINA Aber Cavaliere. Wie wollen Sie den Lokalaugenschein vornehmen, wenn Sie die Hände vor die Augen halten?
CAVALIERE Ich rühre mich nicht von der Stelle.
MIRANDOLINA Wo soll es sein? Hier? Kommen Sie doch näher.

Der Cavaliere kommt mit geschlossenen Augen näher. Er hat eine Hand ausgestreckt.

MIRANDOLINA Näher, Cavaliere, näher.

Sie nimmt seine Hand.

CAVALIERE O Gott …
MIRANDOLINA Haben Sie aber kalte Hände …

CAVALIERE Vater unser, der du bist im Himmel …

Mirandolina führt seine Hand langsam zu ihrem Busen.

CAVALIERE … geheiligt werde dein Name …

MIRANDOLINA Ist es hier, Cavaliere?

CAVALIERE … dein Reich komme zu uns …

MIRANDOLINA Oder hier?

CAVALIERE … wie im Himmel …

MIRANDOLINA Das kann es nicht sein. Oder?

CAVALIERE … so auch auf Erden!

Der Cavaliere reißt die Augen auf.

CAVALIERE Mirandolina! Mirandolina!

MIRANDOLINA Was ist denn? Was ist denn?

Mirandolina setzt sich. Der Cavaliere kniet vor ihr und greift ihr an die Beine. Sie knöpft in aller Ruhe ihr Kleid zu.

CAVALIERE Mirandolina! Ich knie zu Ihren Füßen. Diese Unschuld. Diese Tugend. Ah, diese Beine … O Seele, führe mich über die Treppen der Seligkeit. *Er fährt die Beine hoch.* Reiße mich von den Ufern des Zögerns in die wogenden Ströme der … oooh, diese Schenkel … *Er fährt weiter hoch, immer weiter.* Stoße mich in die Quellen des Lebens … aaah …

Mirandolina rückt mit dem Stuhl ein Stück weg. Der Cavaliere rutscht auf den Knien nach.

CAVALIERE Ich liebe Sie!!!

Auftritt Graf, Ortensia, Marchese, Dejanira, Fabrizio.

CAVALIERE Ich liebe Sie! Ich liebe Sie, wie nur ein Mann eine Frau lieben kann.

GRAF Üben Sie eine Komödie, verehrter Cavaliere?

Der Graf und der Marchese lachen.

Fabrizio schaut zornig.

Ortensia und Dejanira etwas verwirrt.

CAVALIERE Wie? Was wollen Sie? Was wollen Sie hier?

GRAF Wie wär's mit einem kleinen Gespräch über Frauen?

CAVALIERE Wagen Sie es nicht, meine Gefühle anzuzweifeln.

GRAF Sie können die Frauen nicht ausstehen. Wer könnte daran zweifeln?

Der Graf und der Marchese lachen.

ORTENSIA Der ist scharf wie ein Schwertfisch. Das sieht doch ein Blinder.

GRAF Aber liebste Baronin. Unser Cavaliere haßt die Weiber.

CAVALIERE Schweigen Sie. Schweigen Sie.

MARCHESE Warum? Sie reden doch sonst so gerne über dieses Kapitel.

GRAF Wie sagten Sie so schön, Cavaliere? Das Weib ist eine Krankheit, vor der sich jeder vernünftige Mann hüten soll.

MARCHESE Sie ist die Bestrafung des Mannes.

CAVALIERE Das ist nicht wahr.

GRAF Ein trefflicher Witz. Bei Ihrer Einstellung.

CAVALIERE Ich warne Sie, hören Sie auf, mich zu reizen. Ich bin zu allem fähig.

GRAF Wegen einer Frau? Sie scherzen noch immer, Cavaliere!

CAVALIERE Genug, sage ich. Diese Frau steht unter dem Schutz meiner Liebe.

GRAF Mirandolina? Was finden Sie an ihr so Besonderes? Sie hat lange Haare, eine hohe Stimme, zwei Brüste und runde Hüften. Vermutlich stinkt sie, wie jede Frau. Ihre Worte.

CAVALIERE Dafür werden Sie mir Genugtuung leisten! Marchese, Ihren Degen.

MARCHESE Nein, nein, nur keine Duelle.

GRAF Jetzt übertreiben Sie, Cavaliere!

CAVALIERE *zum Marchese:* Geben Sie mir endlich Ihren Degen!

MARCHESE Pax, meine Herren, Friede.

CAVALIERE Geschwätz!

Der Cavaliere reißt dem Marchese den Degen von der Seite.

CAVALIERE Im Namen der Liebe!

Er bringt den Degen nicht aus der Scheide.

CAVALIERE Was zum Teufel ist hier los?

MARCHESE Sie verstehen es nicht, mit einem Degen umzugehen.

Der Cavaliere reißt den Degen mit Gewalt aus der Scheide. Es ist nur mehr ein kleines Stück Klinge dran.

MARCHESE Jetzt haben Sie die Klinge abgebrochen!

CAVALIERE *sieht in der Scheide nach:* Und wo ist der Rest?

MARCHESE Gut, daß Sie mich erinnern. Er steckt in der Brust meines letzten Gegners.

GRAF Was ist, Cavaliere? Wollen Sie Ihre Ehre nicht lieber mit einer Gabel verteidigen?

Allgemeines Gelächter.

CAVALIERE Lachen Sie nur. Sie alle. Ich werde Ihnen noch viel mehr Grund zum Lachen geben. Sie, Graf! Wissen Sie eigentlich, wer Ihre verehrte Baronin in Wirklichkeit ist?

GRAF Was soll das?

CAVALIERE Und Sie, Marchese? Woher sagten Sie, stammt Ihre schwerreiche Gräfin?

MARCHESE Was soll das?

CAVALIERE Ihre Damen, meine Herren, sind ganz gewöhnliche Komödiantinnen. Sie werden lachen.

GRAF Was reden Sie?

MARCHESE Was reden Sie?

CAVALIERE Ordinäre Schlampen, an denen sich die Knechte ihre dreckigen Hände abwischen.

GRAF Sie sind des Teufels!

MARCHESE Sie sind des Wahnsinns!

CAVALIERE Warum lachen Sie nicht?

GRAF Sie lügen, Cavaliere.

MARCHESE Die Wahrheit, Cavaliere.

CAVALIERE Fragen Sie den Kellner. Er hat Ihnen diesen Abschaum unter die Weste gejubelt.

GRAF *zu Fabrizio:* Er hat was?
MARCHESE Was hat er?
FABRIZIO Die Wahrheit? Die Wahrheit ist, daß ich verloren habe. Ich. Die Herren haben Geld, Titel. Da findet sich schnell wieder eine Frau. Auch eine adelige, wenn's sein muß.
GRAF Es ist also wahr, was der Cavaliere sagt?
MARCHESE Die Pomade eine Schauspielerin?
ORTENSIA *zeigt auf Fabrizio:* Der ist an allem schuld.
FABRIZIO Schuld? Schuld ist Ihr Magen, meine Damen, der dringend eine warme Mahlzeit gebraucht hat. Schuld sind Ihre Taschen, die schon lange keine Zechinen mehr gesehen haben.
GRAF *zu Ortensia:* Baronin sind nicht echt? Du Sau.
ORTENSIA Hilf mir, Dejanira.
MARCHESE Es gibt kein Palermo?
DEJANIRA *zum Grafen:* Nehmen Sie Ihre Hand von meiner Kollegin!
GRAF Ich habe zwanzig Zechinen in zwei Schlampen investiert?
DEJANIRA Na und? Sie wollten uns ohnehin die ganze Welt zu Füßen legen.
ORTENSIA Zwanzig Zechinen? Die hat er abgefummelt.
MARCHESE Entsetzlich. Diese Sprache.
ORTENSIA Nicht einmal beim Essen hat er sich beherrschen können.
DEJANIRA Der Lustmolch.
ORTENSIA War richtig unpraktisch.
GRAF Zwanzig Zechinen! Für zwei Huren!
MARCHESE Ich habe sie von Anfang an durchschaut. Diese ordinären Gesichter.
GRAF Die nackte Gosse.
DEJANIRA *zum Marchese:* So? Und was ist mit Ihrer zauberhaften Kusine, der ich angeblich so ähnlich sehe?
ORTENSIA Meiner hat gesagt, ich erinnere ihn stark an eine gewisse Mona Lisa. Wer ist das eigentlich? Seine Tante?

CAVALIERE Weg mit diesem Pack!

FABRIZIO Sie befehlen, als ob Sie schon der neue Herr wären.

CAVALIERE Weg mit diesem Pack. Der Kellner ebenfalls.

FABRIZIO Schon gut. Schon gut. Sie haben ja, was Sie wollen. Die Wirtin. Das Gasthaus. Zehn Gasthäuser. Ganze Schlösser. Was wollen Sie denn noch?

GRAF Verschwindet! Va! Va!

DEJANIRA *schreit zurück:* Verschwinden Sie!

GRAF Va nella figa!!

DEJANIRA Verschwinden Sie ins Loch!!!

GRAF Va nella figa della puttana!!!

DEJANIRA Verschwinden Sie ins Loch Ihrer Hurenmutter!!!

GRAF Va nella figa della puttana che ti ha gagata!!!

MIRANDOLINA *unterbricht die Szene.* Und so weiter! Darf ich auch etwas sagen?

GRAF Mirandolina!

MARCHESE Mirandolina!

FABRIZIO Mirandolina!

CAVALIERE Geliebte!

MIRANDOLINA Später, Cavaliere, später. *Zum Grafen:* Verehrtester, warum wollen Sie die beiden Damen aus meinem Gasthaus werfen?

GRAF Aber Mirandolina, die beiden sind ...

MIRANDOLINA Meine Gäste, ganz richtig. Und ich wünsche, daß man sie respektiert.

GRAF Respekt für zwei ...

MIRANDOLINA Frauen. Ganz richtig. Ich weiß, daß es Ihnen schwerfällt. Sie halten die Frauen für eine Ware und die Liebe für einen Marktplatz. Sie zahlen Ihre Preise nach der Größe des Busens und nach der Höhe des Titels. Diesmal haben Sie sich getäuscht, Graf. Sie haben schlecht investiert. Das kann dem besten Händler passieren.

GRAF Es scheint, daß ich mich in Ihnen getäuscht habe, Mirandolina.

MARCHESE Mirandolina, diese beiden müssen auf der Stelle …

MIRANDOLINA Warum, Marchese? Weil sie arm sind? Weil für Sie die Frau erst bei der Mitgift anfängt?

GRAF Kommen Sie, Marchese. Wir haben uns nicht nur in der Wirtin, sondern auch im Gasthaus geirrt.

MARCHESE Jawohl, Graf, wir gehen.

MIRANDOLINA Und was ist mit der Rechnung?

MARCHESE Eine ordinäre Person.

Der Graf und der Marchese ab.

DEJANIRA Jetzt haben Sie wegen uns …

MIRANDOLINA So ist die Welt. Man sagt einmal die Wahrheit und verliert fünfzig Zechinen. Ich werd's verschmerzen.

DEJANIRA Wir danken Ihnen, Signora.

ORTENSIA Sie sind sehr gut zu uns, Signora.

MIRANDOLINA Leben Sie wohl, meine Damen.

Ortensia und Dejanira gehen ab.

MIRANDOLINA Und nun zu Ihnen, Cavaliere.

CAVALIERE Endlich. Schicken Sie doch vorher diesen Kellner weg.

MIRANDOLINA Der bleibt! Was Sie betrifft, Cavaliere …

CAVALIERE Ich verstehe nicht …

MIRANDOLINA Woher sollten Sie auch? Für Sie ist die Frau ein Stück Dreck oder eine Heilige, eine Göttin. Damit kann ich Ihnen nicht dienen. Ich bin weder das eine noch das andere. Ich bin eine ganz normale Frau. Mit guten und schlechten Seiten. Ein Mensch, verstehen Sie? Ich fürchte, daß Sie mich nicht verstehen.

CAVALIERE Was soll das heißen?

MIRANDOLINA *langsam:* Daß Sie mir leid tun, Cavaliere.

Lange Pause. Der Cavaliere starrt Mirandolina an. Mirandolina erwidert den Blick. Er geht langsam ab und läßt dabei Mirandolina nicht aus den Augen.

Mirandolina und Fabrizio allein. Sie schauen sich an. Pause.

MIRANDOLINA Bleibt ein gewisser Proletarier übrig.
FABRIZIO Und eine gewisse Mirandolina. Ich könnte vor Freude …
MIRANDOLINA Wo habe ich ein Muttermal, Fabrizio?
FABRIZIO Chefin haben ein Muttermal?
MIRANDOLINA Hier. So groß. Wußtest du das nicht?
FABRIZIO Nie gehört.
MIRANDOLINA Aber Fabrizio. Das wissen doch alle.
FABRIZIO Alle?
MIRANDOLINA Aber natürlich. Die ganze Stadt.
FABRIZIO Wirklich?
MIRANDOLINA Frag doch den Weinlieferanten.
FABRIZIO Der?
MIRANDOLINA Oder den Gärtner.
FABRIZIO Der auch?
MIRANDOLINA Oder den Stoffverkäufer.
FABRIZIO Der hinkt doch!
MIRANDOLINA Was soll's? Länger als drei Tage halte ich es nicht aus.
FABRIZIO Das stimmt. Sie sind oft sehr nervös.
MIRANDOLINA Heut ist übrigens der dritte Tag. Wie wär's mit einer Runde?
FABRIZIO Um Gottes willen, Mirandolina …
MIRANDOLINA Eine schnelle Nummer. Was ist? Na?
FABRIZIO *schreit:* Mirandolina, Sie sind eine …
MIRANDOLINA *schreit zurück:* Glaubst du schon an deine eigenen Lügen, verdammter Neapolitaner?
FABRIZIO Ach, so ist das. Dann kann ich ja jetzt …
MIRANDOLINA Was kannst du jetzt?
FABRIZIO Dann kann ich ja jetzt endlich …
MIRANDOLINA Na los.
FABRIZIO *wirft sich in Pose:* Wenn Sie mich ansehen, bricht der Fels aus meinem Körper. Das Herz überschreitet die Grenzen der Brust. Meine Hände verlieren ihre Richtung. Die Worte, die Sätze fluten über die Dämme mei-

ner Lippen. Ihr Strom kennt nur eine Richtung, nur ein Ziel. Nur ein Gedanke pocht rasend gegen meine Stirn. Ich …

MIRANDOLINA Hör auf mit dem Blödsinn. So geht es nicht.

FABRIZIO Sie haben recht, so geht es nicht.

Fabrizio setzt sich zum Tisch.

FABRIZIO *laut:* Komm her, Alte!

MIRANDOLINA Was ist denn jetzt los?

FABRIZIO Frag nicht so dumm. Du sollst herkommen. Immer hat sie das Maul offen. Wenn ich nach Hause komme, will ich das Fressen und Ruhe. Herkommen!

MIRANDOLINA *spielt mit:* Sofort, mein Liebling, sofort.

Mirandolina spielt Servieren.

FABRIZIO Was soll das sein?

MIRANDOLINA Spaghetti, mein Schätzchen.

FABRIZIO Spaghetti, immer nur Spaghetti. Bin ich ein Esel, der immer dasselbe frißt? Weg mit diesem Saufraß. Und das? Was ist das?

MIRANDOLINA Eine Forelle, mein Teuerster.

FABRIZIO Das soll eine Forelle sein? Diese lungenkranke Makrele? Willst du mich verhungern lassen? Ist das der Dank dafür, daß ich Tag für Tag schufte? Bring mir was Anständiges zum Fressen. Los! In die Küche mit dir!

Fabrizio klopft ihr eins auf den Hintern. Mirandolina knallt ihm eine Ohrfeige.

FABRIZIO Au, was soll das?

MIRANDOLINA Ich wollte dir nur zeigen, daß es so auch nicht geht.

FABRIZIO Aber einer muß doch der Herr im Hause sein.

MIRANDOLINA Gib mir deine Hand, Fabrizio.

Fabrizio gibt ihr die Hand.

MIRANDOLINA Du bist der Mann im Haus, und ich bin die Frau im Haus. Wir machen alles gemeinsam. Einverstanden?

FABRIZIO Wird das gehen, Mirandolina?

MIRANDOLINA Du magst mich doch, Fabrizio?

Fabrizio nickt.

MIRANDOLINA Dann sag es mir.

FABRIZIO Ich mag Sie, Mirandolina.

MIRANDOLINA Ich mag dich auch, Fabrizio.

FABRIZIO Ich mag dich sogar sehr.

MIRANDOLINA Dann zeig es mir.

Fabrizio wischt sich den Mund ab. Langsame Annäherung. Langer Kuß.

Mirandolina geht vor an die Rampe.

MIRANDOLINA

Verehrtes Publikum. Es war sehr schön.
Sie haben uns zwei Stunden zugesehen.
An manchen Stellen haben Sie gelacht.
Sie nicht. Sie haben nur gedacht.
Wie dieser Herr, der grimmig seine Hände reibt.
Vermutlich, weil er morgen eine Kritik schreibt.
Ich weiß, Sie spitzen schon das Messer,
Dort schmunzelt einer. So gefällt's mir besser.
Verehrtes Publikum. Wir wollten Ihnen zeigen
wozu die Männer unter anderm neigen.
Wenn sie uns Frauen nicht verstehen
und nur den Busen oder sonstwas sehen.
Doch Gott sei Dank hat sich zu guter Letzt
in diesem Stück ein schönes Ende durchgesetzt.
Die wahre Liebe siegt.
Sie ist das Beste von uns allen.
Jetzt sollte eigentlich schon der Vorhang fallen …

Während der letzten Strophe sind aufgetreten: der Cavaliere und eine Handvoll Polizisten. Sie umstellen das Gastzimmer und verhaften Fabrizio. Alles sehr geräuschlos. Der Cavaliere geht vor an die Rampe und tippt Mirandolina mit dem Finger vorsichtig an die Schulter, während sie die letzte Zeile spricht.

CAVALIERE Darf ich Sie kurz unterbrechen? Ich habe Sie

über einige Tatsachen zu informieren, die für Sie nicht ohne Wichtigkeit sein dürften. Sie haben dieses Gasthaus von Herrn Venerola gepachtet. Herr Venerola ist nicht mehr im Besitz dieser Liegenschaft, da ich sie vor vier Monaten käuflich erworben habe. Eine diesbezügliche Grundbucheintragung steht Ihnen jederzeit zur Einsicht frei.
Leider haben mich die, wie soll ich sagen, etwas komödiantischen Ereignisse der letzten Stunden daran gehindert, Sie bereits zu Beginn meines Besuches über die neuen Besitzverhältnisse aufzuklären. Als verantwortlicher Besitzer sehe ich mich gezwungen, einige personelle Veränderungen vorzunehmen. Sie, Mirandolina, werden in Zukunft in der Küche arbeiten. Was diesen Kellner betrifft, so werde ich ihn vorerst den Militärbehörden ausliefern. Von der Bestrafung seiner weiteren Verbrechen, über die Sie mich dankenswerterweise informiert haben, werde ich absehen, solange Sie sich zu meiner Zufriedenheit aufführen.
Ich denke, das wär's. Wie sagten Sie so schön?
Die wahre Liebe siegt.
Sie ist das Beste von uns allen.
Wer so denkt, wird sehr bald auf seine Schnauze fallen.
Was zählt, ist Geld.
Auf Wiedersehen.
Der Vorhang fällt.
Der Vorhang fällt.

Texte und Bilder
zu
Die Wirtin

Östgötateatern, Schweden, 1985
Kerstin Nilsson und Esko Kilpiö

Plakat des Theaters Spielraum, Wien, 1983

In Goldonis Komödie um Mirandolina ist alles möglich. Obwohl die Gesellschaft von Männern beherrscht wird, hat eine Frau ein Gasthaus. Obwohl der Kellner ein armer Schlucker ist, nimmt ihn die Wirtin zum Mann. Obwohl die Möglichkeiten der Aristokratie unbegrenzt sind, läßt sich ein Blaublut von der Wirtin pflanzen, rollen, reinlegen. Erst zeigt sie ihm die heiße Schulter. Kaum fängt der arme Stockfisch Feuer, zeigt sie ihm die kalte Schulter. Bei Goldoni ist die Selbständigkeit der Frau eine Frage des Charakters.

Ich liebe die Komödie, aber ich halte eben vieles nicht für möglich. Damals schon gar nicht und heute noch immer nicht. In meiner Version schuftet und erniedrigt sich eine Frau jahrelang, bis sie ein Gasthaus pachten kann. Der Kellner liebt die Wirtin, weil er zu einem Gasthaus kommen will. Das Blaublut läßt sich von der emanzipierten Wirtin zwar anständig einseifen, schlägt aber dann umso brutaler zurück.

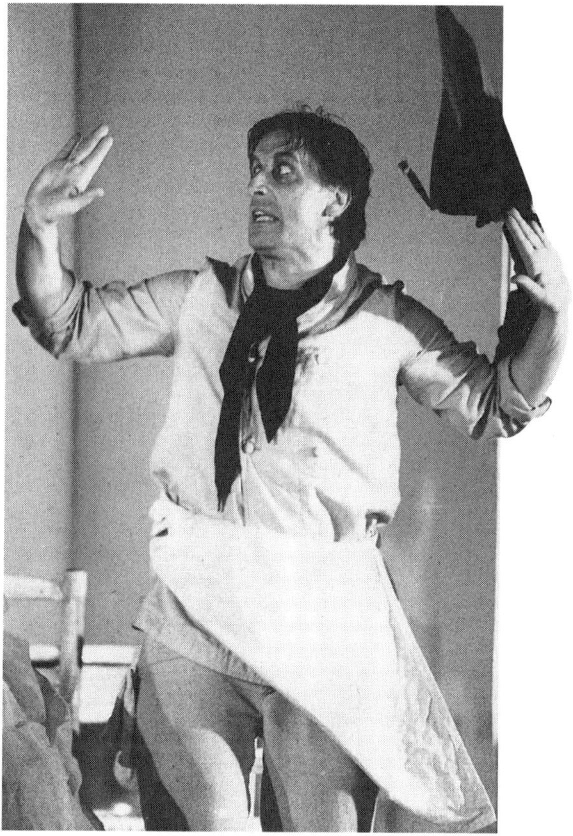

Gemeindehoftheater Wien, 1985
Gerhard Swoboda

Wer die Macht hat, hat die Möglichkeit. Kurz: Mein Stück zeigt den Zusammenhang zwischen Liebe und Ökonomie.

(Zum Stück, 1973)

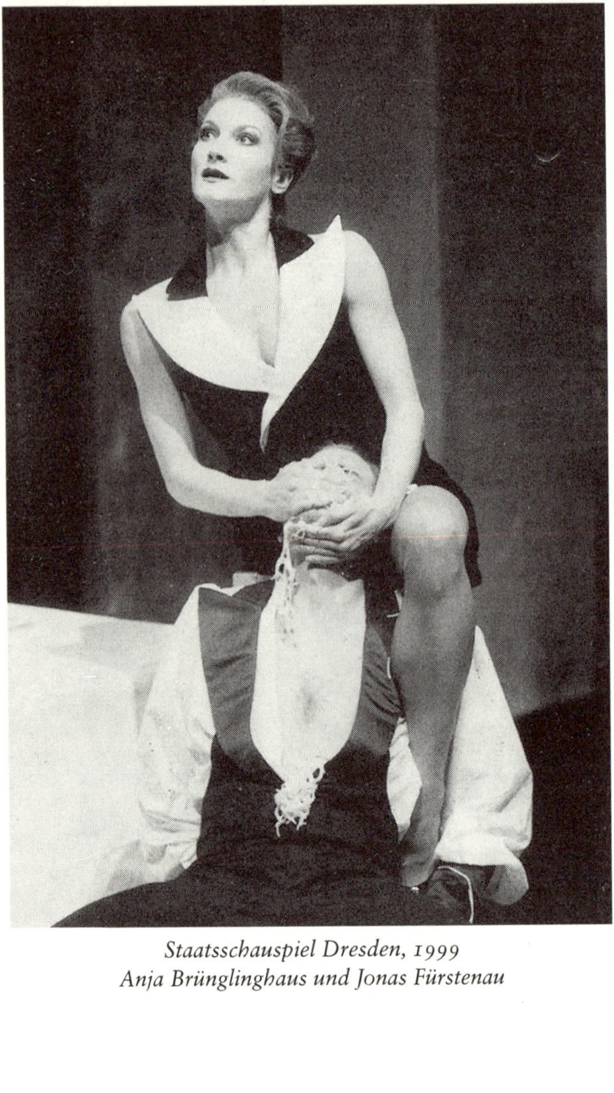

Staatsschauspiel Dresden, 1999
Anja Brünglinghaus und Jonas Fürstenau

Sie schreiben mir, daß Sie es vorziehen, im Geiste der Zeit zu bleiben, daß Sie lieber die Originalfassung Goldonis spielen möchten. Ich habe nichts dagegen, möchte aber doch meine Anmerkungen zu diesem geadelten Begriff »Originalfassung« machen. Goldoni hat sein Stück selbst einige Male umgeschrieben, je nachdem, ob es auf einem freien Platz oder in einem Haus gespielt wurde. Er hat eine Reihe von Anspielungen auf damals lebende Personen gemacht, die er immer wieder verändert hat. Bei der Uraufführung hatte er für die Rolle des Marchese und des Conte zwei in der damaligen Zeit sehr berühmte Schauspieler zur Verfügung, die er immer wieder auftreten läßt. In seiner Pariser Zeit hat er einige dieser Texte wieder gestrichen. Das Theater ist ein lebendiger Ort, ein Theaterdichter wird im Laufe seines Schreiberlebens von allen möglichen Zwängen und Selbstzweifeln geplagt, der Begriff »Originalfassung« riecht für mich nach Museum, und der »Geist der Zeit« ist wirklich nur ein Geist. Denn selbstverständlich betrachten wir die Figuren eines Theaterstückes im Laufe der Zeiten mit immer neuem Blick. Man kann doch heute nicht so tun, als hätte es Sigmund Freud und alle möglichen politischen Veränderungen nicht gegeben. Es gibt kein historisches Theaterstück, das man heute original wiedergeben kann, weil wir die Historie, ob wir wollen oder nicht, immer aus dem Bewußtsein von heute sehen, mit unseren heutigen Urteilen und Einstellungen.

(Aus einem Brief an einen Theaterdirektor, 1979)

1 Perücke (möglichst zerschlissen und verwanzt)
1 übergroßes Geldstück
Etliche Chiantiflaschen
1 besonders edles, goldbesticktes Wams
1 Paar Ohrringe (hier möchte ich schwere, glatt polierte Marmoreier haben)
1 lebendes Huhn
1 gerupftes Huhn
1 Brathuhn
1 Bratpfanne
1 Federboa
1 blinder Spiegel
1 Heiligenbild (soll auch als Servierbrett verwendet werden)
1 Meßgeschirr (soll auch als Tafelgeschirr verwendet werden)
1 Seidentuch (soll sich auch zum Strangulieren eignen)
1 winziges Glas
2 Degen (einer mit abgebrochener Klinge)
18 dampfende Würste
60 brennende Kerzen

(Aus der Requisitenliste der »Wirtin«, Inszenierung von Peter Turrini am Reinhardt-Seminar in Wien, 1982)

Max Reinhardt-Seminar, Wien, 1982
Gabriela Hütter

Gemeindehoftheater Wien, 1985
Peter Turrini

Entsetzlich, dieser Filippelli, ich erinnere mich genau an diesen Schurken. Es war eine Produktion der Wiener Festwochen 1985, wir spielten die »Wirtin« in den Innenhöfen der Gemeindebauten. Ich führte Regie und spielte den Grafen von Forlinpopoli, Filippelli spielte den Marchese von Albafiorita. Ich fürchtete mich sehr vor meinem Auftritt und probte alles bis ins kleinste Detail. Die Premiere begann verspätet, weil der Hausmeister die Darstellerinnen der Dejanira und der Ortensia irrtümlich in die Garderobe eingesperrt hatte. Von Anfang an war ein tauber Pensionist nicht bereit, seinen Fernseher leiser zu stellen oder sein Fenster zu schließen. Im ersten Akt gab es eine Unterbrechung, weil vier Pompfüneberer (für Deutsche: Angestellte eines Bestattungsunternehmens) einen Sarg aus einer Wohnung und durch den Innenhof trugen. Aber das war nicht das Schlimmste. Das Schlimmste war Nicola Filippelli mit seinem Versuch, mich in einer Streitszene, die wir miteinander zu spielen hatten, zum Lachen zu bringen. Mitten in seinen Sätzen ließ er wie eine Echse seine Zunge hervorschnellen und wieder verschwinden, bis ich mein Lachen nicht mehr zurückhalten konnte, unfähig war, weiterzuspielen, und von einem Lachanfall geschüttelt die Bühne verließ. Die Gemeindehofbewohner, die Gastarbeiterfamilien, die alles für Teil des Spiels hielten, lachten mit. Für mich war es schrecklich.

(Aus einem Arbeitsgespräch, 2003)

Wiener Volkstheater, 1975
Viktor Gschmeidler

Nachmittagsvorstellung in Göllersdorf. Göllersdorf ist eine Strafanstalt mit einer Abteilung für sogenannte »psychisch abnorme Rechtsbrecher«. Es sind Leute, die besonders schwere Delikte begangen haben, bis hin zum Sexualmord. Vor diesen Leuten spielen wir die »Wirtin«. Nach der Aufführung gibt es eine Diskussion in Gegenwart eines Anstaltspsychiaters. Einige der Häftlinge regen sich besonders über die negativen Seiten und Taten der Stückfiguren auf. Einer sagt, was der Cavaliere der Wirtin antut, das geht nicht. So darf man eine Frau nicht behandeln. Es ist schon interessant, was so alles in ein und derselben Seele Platz hat.

(Tagebucheintragung, 1985)

Wiener Volkstheater, 1975
Ernst Meister und Dolores Schmidinger

Gemeindehoftheater Wien, 1985
Peter Turrini und Hertha Schell

Campiello

Frei nach
Goldoni

Personen

ORSOLA	eine Bewohnerin des Campiello
ZORZETTO	ihr Sohn
PASQUA	eine Bewohnerin des Campiello
GNESE	ihre Tochter
CATTE	eine Bewohnerin des Campiello
LUCIETTA	ihre Tochter
ANZOLETTO	der Verlobte von Lucietta
FABRIZIO	ein Bewohner des Campiello
GASPARINA	seine Nichte
SANSUGA	ein asthmatischer Wirt
CAVALIERE	ein ortsfremder Aristokrat

Ort der Handlung

Der Campiello, ein kleiner venezianischer Platz mit mehreren Häusern. Sechs Häuser stehen, in Halbkreisform angeordnet, auf der Bühne. Links vorne, vom Publikum aus gesehen, steht das Wirtshaus. Daneben das Haus von Donna Pasqua und ihrer Tochter Gnese. Das nächste Haus steht leer. Dann kommt das Haus von Orsola und ihrem Sohn Zorzetto. Dann das Haus von Donna Catte und ihrer Tochter Lucietta. Vorne rechts steht das Haus von Fabrizio und seiner Nichte Gasparina. Das Gasthaus hat einen großen Balkon, das Haus Fabrizios einen Erker. Die Fenster aller Häuser gehen auf den Campiello. In der Mitte des Campiello ist ein kleiner zugefrorener Teich.

Zeit der Handlung

Venedig im Jahre 1756. Es ist Winter, Februar, es liegt Schnee. Der Karneval hat gerade begonnen.

Erster Akt

Der Campiello am Morgen. Der Nebel lichtet sich langsam. Der Cavaliere im Mantel, gefolgt von zwei Trägern, die sein Gepäck tragen, betritt den Campiello. Er schaut sich um. Er geht mit den Trägern in das Gasthaus von Sansuga.
Zorzetto, der Halbwüchsige, kommt aus dem Hause seiner Mutter Orsola. In der einen Hand trägt er einen Korb voller alter Teller und Töpfe. In der anderen Hand hält er einen kleinen Sack. Er geht in die Mitte des Campiello, stellt den Korb ab, nimmt abwechselnd zerbeulte Töpfe und kaputte Teller aus dem Korb, hält sie hoch und schreit dazu.

ZORZETTO

Aus diesem Becher
hat Lucrezia Borgia
das Blut ihres Geliebten getrunken.
Erlesenes Porzellan aus Murano.
Von diesem Teller
hat der Doge
Erdbeeren gegessen.
Alle waren vergiftet
bis auf eine.
Und dieses edle Glas
benützte eine venezianische Jungfrau
beim Gastmahl mit einem indischen Fürsten.
Seitdem hat niemand mehr sie gesehen.
Die letzte Weinflasche eines Komödiendichters.
Ein Nachttopf aus Tausend und einer Nacht.
Und hier
das berühmte Giftfläschchen vom Teatro San Cassian.
Generationen von Schauspielern sind
daran gestorben.

Preise wie noch nie!
Jetzt oder nie!
Wer macht mit bei der Lotterie?

LUCIETTA *schaut aus dem Fenster ihres Hauses:* Was schreit dieser pubertierende Fieberkopf am frühen Morgen? Wer hat wen vergiftet? Warst du schon wieder im Theater?

ZORZETTO Ah, Signorina Lucietta. Machen Sie mit bei der Lotterie?

LUCIETTA Bin ich die erste?

ZORZETTO Sie sind die erste.

LUCIETTA Dann setze ich auf die Ehe.

ZORZETTO Sie gewinnen sicher.

Lucietta wirft eine Münze hinunter, Zorzetto fängt sie auf.

ZORZETTO *schreit:* Preise wie noch nie! Jetzt oder nie! Wer macht mit bei der Lotterie?

GNESE *schaut aus dem Fenster:* He, Zorzetto!

ZORZETTO Oh, Signorina Gnese.

Zorzetto starrt zu Gnese hinauf.

GNESE Worauf setzen wir?

ZORZETTO Auf ... auf ... auf ... auf ...

LUCIETTA Auf die Ehe. Er kann noch nicht sprechen, der Kleine.

GNESE Hier meine Münze.

Gnese wirft die Münze auf den Campiello. Zorzetto rührt sich nicht und starrt Gnese an.

LUCIETTA *zu Gnese:* Schwesterchen, sollen wir nicht den Inhalt eines Nachttopfs über den Kopf dieses entflammten Kleinkindes gießen? Er verglüht uns sonst.

Sie hält einen Nachttopf aus dem Fenster. Zorzetto sieht es, hebt schnell die Münze Gneses auf und schreit.

ZORZETTO

Preise wie noch nie!
Jetzt oder nie!

Wer macht mit bei der Lotterie?

Orsola, die Mutter Zorzettos, schreit im Haus.

ORSOLA Welcher Rabe krächzt hier so früh am Morgen? Ich drehe ihm den Hals um.

Sie kommt vor das Haus und sieht ihren Sohn.

ORSOLA Du, Zorzetto?

ZORZETTO Spielen Sie mit, Frau Mutter, bitte.

LUCIETTA *zu Orsola:* Guten Morgen, Frau Rabenmutter.

ORSOLA *schreit zurück:* Besser die Mutter eines Raben als die Tochter einer …

Catte, die Mutter Luciettas, schaut aus dem Fenster.

CATTE Einer was, bitte?

ORSOLA Ach was, mit solchen Leuten stell ich mich doch nicht hin. Hier, mein Sohn, hast du eine Münze, und vergiß diese Menschen.

CATTE He, bei der Lotterie kann jeder mitmachen. Komm her, Zorzetto, oder glaubt deine Mutter vielleicht, daß mein Geld stinkt? *Catte wirft Zorzetto eine Münze zu.* Mache ich ranzige Palatschinken oder sie?

ORSOLA Meine Palatschinken sind nicht ranzig. Sie sind die besten von hier bis zum Rialto und wieder zurück.

CATTE Sie sind ranzig. Erst kürzlich sage ich zu meiner Tochter, Lucietta, sage ich, hast du das Lebertranfläschchen umgeworfen? Nein, liebe Mutter, sagt sie, das sind die Palatschinken von der da, und schon wird mir schlecht.

ORSOLA Wahrscheinlich hast du deine eigenen gefressen.

Gasparina erscheint im Erker ihres Hauses.

GASPARINA Die Plebs bei ihrer üblichen Morgenunterhaltung. Sehr niveauvoll.

ZORZETTO Ah, Signorina Gasparina.

CATTE *zu Orsola:* Die ist auch nur auf der Nudelsuppe dahergeschwommen.

ORSOLA *zu Catte:* Die hat der Esel im Galopp verloren.

GASPARINA Sehr originell. Darf ich Ihnen, ich weiß nicht

zum wievielten Male, mitteilen, daß mein Herr Vater ein Edelmann war und meine Frau Mutter die Tochter eines Textilökonomen.

ORSOLA Ein Lumpenhändler war er.

Pasqua, die Mutter Gneses, schaut aus dem Fenster.

PASQUA Welcher Esel schwimmt in der Nudelsuppe?

GNESE Wollen Sie auch in der Lotterie mitspielen, Frau Mutter?

PASQUA Warum nicht? Oder gibt es ein Gesetz, das nur Jungfrauen bei einer Lotterie zuläßt?

Pasqua wirft Zorzetto ein Geldstück zu.

ZORZETTO Danke, Donna Pasqua.

Zorzetto geht zu Gasparina.

ZORZETTO Bitte, Signorina Gasparina, spielen Sie auch mit. Sie sind die letzte.

GASPARINA Da müßte ich es reiflichst überdenken. Worauf wird denn gesetzt?

LUCIETTA Auf die Ehe, und deshalb ist es besser, wenn die gar nicht mitspielt. Die hat sowieso keine Chance.

GASPARINA *wirft Zorzetto eine Münze zu:* Das, Verehrteste, werden wir ja sehen. Einen solchen Orang-Utan wie Ihren Verlobten würde ich tatsächlich nicht nehmen.

LUCIETTA Was ist mein Verlobter?

CATTE Was, bitte, ist der Verlobte meiner Tochter?

GASPARINA Ein Untier afrikanischen Ursprungs. Aber Sie beherrschen ja nicht einmal die Grundbegriffe der internationalen Fauna.

LUCIETTA Wenn du so lang wärst, wie du blöd bist, müßte man dir das Fressen von der Spitze des Campanile servieren.

ZORZETTO *schreit:* Alle haben gesetzt. Die Lotterie beginnt. Wer die Ehe zieht, hat gewonnen! Wer wird der glückliche Besitzer des indischen Nachttopfs? Wer wird aus dem Glas eines Fürsten trinken? Wem wird das Porzellan aus Murano gehören? Wer wird vom Teller eines Dogen essen? Wer zieht zuerst?

LUCIETTA Ich habe als erste gesetzt. Ich ziehe zuerst.

GASPARINA Ich, wer sonst?

ORSOLA Zorzetto, komm sofort zu deiner Mutter. Ich ziehe.

CATTE Muß sich diese ranzige Endneunzigerin immer vordrängen? Gebt doch der Jugend eine Chance. Ich ziehe.

PASQUA Wenn die jung ist, bin ich ein Embryo. Ich ziehe zuerst.

Zorzetto schaut verwirrt von einer zur anderen. Dann stellt er sich unter das Fenster Gneses.

ZORZETTO Signorina Gnese, wollen Sie mein Säckchen haben und ziehen?

LUCIETTA *zu Gnese:* Schwesterchen, willst du nicht ein bißchen an seinem Säckchen ziehen?

GNESE *zu Lucietta:* Laß ihn in Ruhe.

LUCIETTA He, seht euch das verliebte Brautpaar an! Demnächst feiern wir hier eine orientalische Kinderhochzeit. Zorzetto, du Kindergartenwüstling, wirf mir endlich deinen Sack zu!

Zorzetto wirft Lucietta das Säckchen hinauf. Lucietta zieht eine Karte aus dem Sack und hält sie hoch.

LUCIETTA Die Leidenschaft! Ich habe die Leidenschaft gezogen! Ich habe gewonnen! Die Leidenschaft ist der Ehe am nächsten. Eine Ehe ohne Leidenschaft, das wäre wie ein Galeere ohne Ruder, wie ein Karneval ohne Masken, wie eine Brust ohne Spitzen …

ORSOLA Wirf endlich den Sack herunter, ich will auch ziehen.

Lucietta wirft den Sack hinunter. Zorzetto gibt ihn seiner Mutter Orsola. Orsola zieht.

ORSOLA Was ist das?

ZORZETTO Eine Flasche, Frau Mutter, eine Flasche.

ORSOLA Na und? Die Ehe beginnt im Rausch und endet im Rausch. Ich habe gewonnen.

Zorzetto wirft Gasparina das Säckchen zu. Sie zieht eine Karte und wirft das Säckchen zurück.

GASPARINA Womit das Spiel durch einen vorzeitigen Sieg meinerseits beendet wäre.

CATTE Red nicht so geschraubt, du Drillbohrer. Was ist auf der Karte?

GASPARINA Die Tugend. Und selbst ein verkommenes Marktweib wie Sie wird einsehen, daß die Tugend das Wesen der Ehe ist.

CATTE Die soll mich nicht beleidigen. Mein Mann war ein amtlich anerkannter Südfrüchtehändler. Export, Import.

PASQUA Die soll uns nicht beleidigen. Mein Mann war ein begnadeter Schuhkosmetiker. Er hat die besten Doppler gemacht.

ORSOLA Und die meisten Doppler gesoffen.

PASQUA Willst du damit sagen, daß er Alkoholiker war?

ORSOLA Nein, er war Millionär, nachdem er die Flaschen zurückgetragen hat.

Zorzetto wirft Gnese das Säckchen zu. Gnese zieht eine Karte.

GNESE Ich habe die Sonne gezogen.

ZORZETTO Sie haben gewonnen, Signorina Gnese.

PASQUA *schreit:* Meine Tochter hat gewonnen, meine Tochter hat gewonnen!

LUCIETTA *schreit:* Was hat die Sonne mit der Ehe zu tun? Schiebung!

CATTE Die Ehe muß noch im Sack sein.

Sie nimmt den Sack, schaut die verbliebenen Karten an. Sie hält eine Karte mit zwei ineinander verbundenen Ringen hoch.

CATTE Die Ehe. Die Ehe. Ich habe gewonnen. Ich werde heiraten. Ich werde unbeschreiblich glücklich werden.

PASQUA Schnell. Bringt sie ins Irrenhaus. Sie ist wahnsinnig geworden.

LUCIETTA Wenn die Leidenschaft nicht mehr zieht, will ich nicht mehr mitspielen.

Sie wirft ihre Karte auf den Campiello und verschwindet im Haus.

GASPARINA O wie primitiv, wie entsetzlich primitiv.

Sie wirft ihre Karte auf den Campiello und verschwindet hinter ihrem Erker.

PASQUA *zu Gnese:* Komm, meine Tochter, diese Menschen sind kein Umgang für dich. Und glaub mir, dein Vater war nie Millionär.

Gnese und Pasqua werfen ihre Karten auf den Campiello und verschwinden im Haus.

CATTE Diese Karte behalte ich. Mann kann sich dem Wink des Schicksals nicht entziehen.

Catte verschwindet im Haus.

ORSOLA *schreit auf:* Die Palatschinken! Die Palatschinken brennen an!

Sie rennt ins Haus. Zorzetto ist allein auf dem Campiello. Er sammelt die Karten ein.

ZORZETTO Ich bin ein Jugendlicher, und ich liebe. An jedem Theater gibt es jugendliche Liebhaber, über deren Schicksal die Menschen in Tränen ausbrechen, aber mich lachen sie aus. Sechs Lire habe ich bei der Lotterie eingenommen. Ein Glas Rotwein bekommt man dafür oder einen Stehplatz im Theater. Ein Achtel ist zuwenig, um darin meinen maßlosen Liebeskummer zu ersäufen. Ich entscheide mich fürs Theater. Shakespeare ist das mindeste, denn nur die allerhöchste Kunst kann meine tiefsten Schmerzen lindern.

Zorzetto läuft vom Campiello. Der Korb mit dem alten Geschirr bleibt in der Mitte des Campiello stehen. Stille. Es wird langsam heller. Pasqua und Catte kommen aus ihren Häusern und gehen zum Korb. Sie beobachten einander. Beide kramen im Korb und schauen, ob sie etwas Brauchbares finden können.

PASQUA Schrecklich, nicht wahr?
CATTE Ja, ja, wirklich schrecklich.
PASQUA Was sagen Sie, Frau Nachbarin?
CATTE *lauter:* Ich sage schrecklich.
PASQUA Das sag ich auch immer. Schrecklich, schrecklich. Daß die Menschen sich nicht vertragen können.
CATTE Dabei wäre alles so einfach. Sie brauchten nur ein bißchen netter zueinander zu sein.
PASQUA Was sagen Sie, Frau Nachbarin?
CATTE *laut:* Netter, netter.
PASQUA Das sag ich auch immer. Etwas mehr Verständnis füreinander, und schon täte die Welt ganz anders ausschauen. Diese Gasparina zum Beispiel.
CATTE So was Eingebildetes.
PASQUA Und auf was herauf, fragt man sich. Glauben Sie wirklich, daß der Herr, der da vor zwei Monaten bei ihr eingezogen ist, ihr Onkel ist?
CATTE Ach, Onkel nennt man das heutzutage?
PASQUA Was sagen Sie, Frau Nachbarin?
CATTE *laut:* Onkel, Onkel! Sind Sie taub?
PASQUA Taub? In meinem Alter? Ich bitte Sie. Eine vorübergehende Gehörschwäche. Nehmen Sie inzwischen das andere Ohr.
Sie hält ihr das andere Ohr hin.
CATTE *schreit ihr ins Ohr:* Auf dem Ohr hören Sie besser?
PASQUA Warum schreien Sie mir so ins Ohr? Ich bin doch nicht taub. Übrigens, weil wir gerade vom Alter reden. Wie alt schätzen Sie mich?
CATTE Sie? Lassen Sie mich schätzen. Wenn ich Sie so anschau … achtzig, fünfundachtzig?
PASQUA Sie Arme.
CATTE Ich, wieso?
PASQUA Mit Ihren kaputten Augen.
CATTE Wieso, kaputte Augen?
PASQUA Sonst müßten Sie doch sehen, daß ich höchstens vierzig bin, dreiundvierzig.

CATTE Sie Arme.

PASQUA Ich, wieso?

CATTE So jung und schon so taub. Und mich? Wie alt schätzen Sie mich?

PASQUA Schwer zu schätzen.

CATTE Sagen Sie schon.

PASQUA Unter hundert bestimmt.

CATTE Sie Arme.

PASQUA Ich, wieso?

CATTE Ich bin jünger als Sie.

PASQUA Sie Arme.

CATTE Ich, wieso?

PASQUA Sie will jünger als ich sein und ist komplett zahnlos.

CATTE Zahnlos, wo?

PASQUA *fährt ihr mit dem Finger in den Mund:* Da.

CATTE Fahren Sie nur anständig drin herum. Ganz hinten stehen noch zwei Zähne. Die stehen fester als die Pfosten, auf denen ganz Venedig steht.

PASQUA*:* Können Sie überhaupt noch etwas beißen?

CATTE Wenn ich was zum Beißen hab.

PASQUA Schwester, bei mir fehlt's auch am Nötigsten.

CATTE Schwester, wir beide sind zu alt für unser Alter.

PASQUA Und wer ist schuld, Schwester? Die Männer.

CATTE Die Männer.

PASQUA Meiner hat alles versoffen.

CATTE Meiner hat alles verhurt. Und das völlig sinnloserweise, er hätte sich an mir bedienen können. Ich war eine anerkannte Schönheit.

PASQUA Wegen mir haben sich vier Liebhaber gegenseitig in den Kanal gestoßen. Es sind alle ertrunken, und ich Trampel muß ausgerechnet einen Trinker heiraten.

CATTE Alles Schicksal.

PASQUA Schwester, unser Leben hat noch gar nicht begonnen, da war es schon wieder aus.

CATTE Dann fangen wir wieder damit an.

PASQUA Du meinst ...

CATTE Diese Karte hab ich zwar im Spiel gewonnen, aber dahinter steckt etwas Ernstes, Schicksalhaftes.

PASQUA Wir sollen heiraten? Aber wir haben doch zwei unverheiratete Töchter?

CATTE Der Zustand ändert sich schnell, besonders wenn wir ein bißchen nachhelfen.

PASQUA Du hast leicht reden. Deine Tochter hat immerhin einen Verlobten, diesen Schuhbandelvertreter, aber meine ...

CATTE Was ist mit diesem Zorzetto, dem Sohn der Orsola?

PASQUA Der ist doch noch ein halbes Kind.

CATTE Jung gefreit hat nie gereut, oder wie das heißt.

PASQUA Du meinst ...?

CATTE Nur wenn wir die Jungen zum Altar drängen, wird für uns das Feld wieder frei.

PASQUA O Schwester!

CATTE Schwester!

Die beiden Frauen gehen verträumt zurück zu ihren Häusern.

PASQUA Ich fühle mich schon ganz bräutlich.

CATTE Schicksal, nimm deinen ehelichen Lauf.

Sie gehen in ihre Häuser.

Gasparina öffnet die Fenster ihres Erkers und schaut auf den Campiello. Sie hält ein Buch in der Hand.

GASPARINA *seufzt:* Traurig und trotzig sitze ich in diesem Erker, während sich draußen die warme Sonne wollüstig durch den Winternebel zwängt. Doch was sehe ich?

Auf der gegenüberliegenden Seite des Platzes, auf dem Balkon des Gasthauses, erscheint der Cavaliere. Er sieht Gasparina und winkt ihr zu.

GASPARINA

Oh, ein Mann, und was für einer.
Soll ich ein Zeichen geben,

das die Sehnsucht ihm verrät?
Soll ich mit anstandsvollem Schweigen vernichten,
was noch kaum erblüht?
Der Cavaliere winkt wieder.
Und sei's zuviel gewagt,
ich wag's.
Sie winkt zurück und schließt schnell das Fenster. Der Cavaliere schaut eine Zeitlang zum Fenster, dann geht er zurück ins Gasthaus. Nach einer Weile kommt Sansuga, der Wirt, aus dem Gasthaus und geht zu Gasparinas Erker.

SANSUGA *laut:* Gnädigste!

GASPARINA *öffnet das Fenster ihres Erkers:* Wer ruft mir?

SANSUGA *verärgert:* Ich heiße Sansuga und beherberge Gäste. Meine Pasta ist die beste am Platz, und mein Asthma ist auch nicht ohne.

GASPARINA Genug. Was ist sein Begehr?

SANSUGA Ich begehre überhaupt nichts mehr. Darüber bin ich längst hinweg. Mein Gast läßt Ihnen durch mich ausrichten, daß er unheimlich scharf auf Sie ist.

GASPARINA *schreit ihn an:* Hinweg, asthmatische Schmeißfliege!

SANSUGA *dreht sich um und geht zurück zum Wirtshaus:* Gut, gehe ich zu dem Edelmann und sage ihm, daß er sich brausen soll.

GASPARINA Halt! Der Herr ist ein Edelmann? Und was wünscht er von mir?

SANSUGA *geht zurück zu Gasparinas Haus:* Was soll sich ein alter Bock schon von einem jungen Mädchen wünschen? Einen Ausritt vermutlich.

GASPARINA Hinweg, grauslicher Grobspitz!

SANSUGA *dreht sich um und geht zurück zum Wirtshaus:* Gut, gehe ich zu dem Geldsack und sage ihm, daß er die Sporen wieder einpacken soll.

GASPARINA Halt! Der Herr ist reich? Was läßt er mir durch sein plebejisches Sprachrohr ausrichten?

SANSUGA Sagen Sie mir endlich, ob er Ihnen paßt oder nicht, aber lassen Sie mich nicht ständig hin und her rennen.

GASPARINA Sansuga, warum mußt du immer so niedrig von den hohen Dingen der Liebe reden?

SANSUGA Ich hab's ja versucht, Gasparina. Aber einen Menschen, der von der großen Liebe redet und nach Zwiebeln stinkt, den lachen die Frauen aus.

GASPARINA Sansuga, ich bin arm.

SANSUGA Ich weiß, Gasparina.

GASPARINA Aber gebildet.

SANSUGA Ich weiß.

GASPARINA Aber ledig.

SANSUGA Ich weiß.

GASPARINA Und ich weiß nicht, ob dieser Onkel, der sich vor ein paar Monaten bei mir einquartiert hat und den Vormund spielt, mir überhaupt Geld für eine Mitgift gibt.

SANSUGA Ich verstehe.

GASPARINA Ich muß heiraten, Sansuga, sonst komme ich aus diesem Erker nie heraus.

SANSUGA Ich habe alles verstanden.

GASPARINA Gut, dann geh zu deinem Herrn und sage ihm, daß ich nicht im geringsten daran denke, sein Anerbieten auch nur in Evidenz zu ziehen.

SANSUGA Gut, ich gehe also zu dem Herrn und sage ihm, daß du nicht im geringsten daran denkst ... Weißt du zufällig ein gutes Mittel gegen Asthma?

GASPARINA Eile, postillon d'amour!

Sansuga geht ins Gasthaus. Gasparina schließt die Fenster des Erkers. Lucietta schaut aus dem Fenster ihres Hauses auf den Campiello.

LUCIETTA

Immerhin.
Ich habe einen Verlobten.

Er heißt Anzoletto.
Bei jedem Wetter
zieht er durch die Stadt
und verkauft Nadeln und Schnüre.
Der Gute.
Jetzt warte ich seit
drei Stunden auf ihn.
Wenn er nicht jeden Moment kommt,
steche ich ihn
mit seinen eigenen Nadeln
und erwürge ihn
mit seinen eigenen Schnüren.

Der Cavaliere erscheint auf dem Balkon des Gasthauses und schaut zu Gasparinas Haus.

LUCIETTA Will der was von mir?

CAVALIERE *sieht Lucietta:* Ist sie's, oder ist sie's nicht?

LUCIETTA Ich glaub, der will etwas von mir.

Der Cavaliere nimmt sein Augenglas und starrt zu Lucietta hinüber.

CAVALIERE Sie ist's nicht. Aber superb ist sie trotzdem.

Der Cavaliere winkt Lucietta zu. Anzoletto, der Verlobte Luciettas, kommt auf den Campiello. Er trägt einen Kasten mit Fächern auf dem Rücken. Er beobachtet Lucietta und den Cavaliere.

CAVALIERE Zauberhaftes Mädel, auf ein Wort.

LUCIETTA Passen Sie lieber auf, sonst kriegen Sie Stielaugen.

CAVALIERE *schaut durch das Glas:* Sie hat zwei wunderschöne weiße Backen, wenn ich mir die Bemerkung erlauben darf.

LUCIETTA Soll ich dem Herrn vielleicht den Hintern zeigen, damit er ein bißchen mehr davon sieht?

ANZOLETTO *schreit auf:* Nadeln zum Stechen! Schnüre zum Aufhängen!

LUCIETTA *voller Freude:* Ah, Anzoletto. Warte, ich komme zur Tür.

Lucietta verschwindet vom Fenster.

CAVALIERE *zu Anzoletto:* Der junge Mann da.

ANZOLETTO *mit unterdrückter Wut:* Mein Herr!

CAVALIERE Wenn das Mädel zur Tür kommt, geben Sie ihr, was sie braucht. Ich bezahle alles.

ANZOLETTO *voller Haß:* Ich werde ihr geben, was sie braucht. Aber gratis.

Gnese schaut aus dem Fenster ihres Hauses.

GNESE He, Anzoletto, komm zu mir.

CAVALIERE Schon wieder so ein zauberhaftes Mädel.

GNESE *zu Anzoletto:* Hast du etwas für mich?

CAVALIERE *zu Anzoletto:* Geben Sie auch dem Mädel, was sie braucht, ich bezahle alles.

GNESE Wer ist der Herr?

CAVALIERE Ein Sklave der Liebe bei der Entrichtung des Tributs.

Anzoletto geht in Gneses Haus. Gnese verschwindet vom Fenster. Lucietta kommt zur Tür ihres Hauses und sieht, wie ihr Verlobter Anzoletto in Gneses Haus geht.

CAVALIERE Hier quellen ja die zauberhaften Mädels nur so aus den Häusern. Ich glaub', ich träum'.

LUCIETTA Mein Verlobter Anzoletto geht in das Haus dieser unverlobten Gnese. Ich glaub', ich träum'.

CAVALIERE Schönes Fräulein. Ich habe Ihre zarten Backen mit Apfelblüten verglichen, aber jetzt, wo ich Sie als ein Ganzes sehe, bin ich verführt, gereiftes Obst zu assoziieren.

LUCIETTA Schleichen Sie sich. Halt! *Für sich:* Ich werde mich mit diesem gierigen Obsthändler in eine öffentliche Techtelei verwickeln. Das wird meine Rache an Anzoletto sein. *Freundlich zum Cavaliere:* Sie wünschen, gnädiger Herr?

CAVALIERE An Ihnen liegt es, gnädig mit mir zu sein, mein Fräulein. Darf man fragen, wie Sie heißen?

LUCIETTA Lucietta, gnädiger Herr.

CAVALIERE Lucietta, Lucietta … wie das klingt.

LUCIETTA Wie denn?

CAVALIERE Wie … wie der heiße Atem der Geliebten in einer glühenden Sommernacht.

LUCIETTA Hier liegt Schnee.

CAVALIERE Wir werden ihn zum Schmelzen bringen. Eine letzte Frage. Bist du verheiratet, mein Kind?

LUCIETTA So gut wie nicht verlobt.

CAVALIERE Es wird ja immer günstiger. Warte, ich komme.

Der Cavaliere verschwindet vom Balkon des Gasthauses. Catte, die Mutter Luciettas, schreit im Haus.

CATTE He, Lucietta, wo bist du?

LUCIETTA Die kann schreien, bis sie blau wird. Ich werde Anzoletto mit diesem Schneeschmelzer betrügen, bis er grün wird.

Catte kommt vor das Haus.

CATTE Zum Teufel, was machst du vor dem Haus?

Lucietta beginnt zu weinen.

LUCIETTA *schluchzend:* Nichts.

CATTE Meine Tochter, meine arme Tochter, was hast du? *Schreit:* Wer hat meine Tochter beleidigt?

LUCIETTA Anzoletto, dieser Hund. Er kommt auf den Campiello, ich entflamme, wie es sich für eine anständige Verlobte gehört, haste in aller Unschuld zur Tür, und er …

CATTE Er?

LUCIETTA Geht in das Haus dieser Nymphomanin.

CATTE Welcher Nymphomanin?

LUCIETTA Gnese.

CATTE Nein!

LUCIETTA Ja!

CATTE Dieses Schwein.

Der Cavaliere kommt auf den Campiello und verbeugt sich vor Lucietta.

CAVALIERE *lächelnd:* Da bin ich.

CATTE *zu Lucietta:* Wer ist der?

CAVALIERE *zu Lucietta:* Wer ist die Alte?

CATTE *zu Lucietta:* Ist das ein Blinder?

CAVALIERE *leicht amüsiert:* Verzeihen Sie, warum sollte ich ein Blinder sein?

CATTE Weil Sie nichts sehen, und Menschen, die nichts sehen, nennt man Blinde.

CAVALIERE Aber ich sehe vortrefflich.

Catte stellt sich vor dem Cavaliere auf.

CATTE Was sehen Sie?

CAVALIERE *lächelt verlegen:* Eine Alte.

CATTE *zu Lucietta:* Er ist wirklich blind, der Arme.

LUCIETTA *zum Cavaliere:* Das ist meine Mutter.

CATTE Du hast recht, meine Tochter. Man muß einem Blinden alles ganz genau erklären. Wäre er nämlich kein Blinder, so hätte er sofort gesehen, daß nur ich die Mutter einer solchen Schönheit sein kann.

CAVALIERE Ihre Tochter ist wirklich ein schönes Mädchen, Madame.

CATTE Und woher kommt das? Aus nichts wird nichts, lieber Herr. Wissen Sie, was vor zwanzig Jahren ein feiner Herr zu mir gesagt hat? Er hat meine zarten Wangen mit Apfelblüten verglichen und meine Figur mit gereiftem Obst. Wörtlich.

LUCIETTA *zeigt auf den Cavaliere:* Das hat der wörtlich zu mir gesagt.

CATTE Was? Ein Blinder verführt meine Tochter? Würdeloser Invalide!

LUCIETTA Obstfanatiker!

Der Cavaliere ist völlig verdattert.

CAVALIERE Bitte, meine Damen. Kaufen Sie sich bei dem Händler, was Ihr Herz begehrt. Ich zahle alles.

Gnese erscheint am Fenster ihres Hauses.

GNESE *zum Cavaliere:* Damit Sie es wissen, gnädiger Herr, ich habe mir um vier Lire Sachen gekauft.

CAVALIERE Aber ich zahle doch alles, alles.

GNESE Ich bin aber nicht so eine, die sich von fremden Herren aushalten läßt. Ich bin ein anständiges Mädchen.

CATTE *schreit hinauf zu Gnese:* Hurenkind!

LUCIETTA *schreit hinauf zu Gnese:* Nymphomanin!

Gnese verschwindet hinter dem Fenster. Anzoletto kommt aus dem Haus von Gnese.

LUCIETTA *zu Anzoletto:* War's nett da oben?

ANZOLETTO *völlig verdattert:* Was?

LUCIETTA *schreit ihn an:* Du verdammter Schlauch! Kannst du mit deiner Geilheit nicht warten, bis wir verheiratet sind?

ANZOLETTO Ich? Du! *Zeigt auf den Cavaliere:* Hast du dieser aufgepuderten Vogelscheuche deinen Hintern nicht förmlich aufgedrängt? Ich habe genug! Alle Verbindungen zwischen uns sind null und nichtig!

CATTE Aber Kinder, kommt ins Haus, dort streiten wir in aller Ruhe weiter.

ANZOLETTO Dieses Haus betrete ich niemals wieder. Ich bin doch nicht geboren worden, um in einem Puff zu enden.

Anzoletto rennt vom Campiello. Lucietta stürzt weinend ins Haus.

CAVALIERE *zu Catte:* Jetzt, wo die Beziehung Ihrer Tochter mit diesem rasenden Rabauken in Brüche gegangen ist ... darf ich Ihnen diesen Ring überreichen?

CATTE Sie dürfen.

CAVALIERE Als kleines Unterpfand meiner aufrichtigen Zuneigung.

CATTE Sie dürfen.

CAVALIERE Darf ich hoffen ...

CATTE Sie dürfen. Sie dürfen.

CAVALIERE Ihr schönes Töchterchen wiederzusehen?

Der Cavaliere verbeugt sich und geht ins Gasthaus.

Catte zieht den Ring über den Finger und betrachtet ihn.

CATTE Den Verlobungsring hätten wir. Jetzt fehlt nur noch der vom Schicksal bestimmte Verlobte.

Catte verschwindet in ihrem Haus.

Zweiter Akt

Es wird heller auf dem Campiello. Pasqua kommt mit einem Besen aus ihrem Haus und kehrt den Schnee weg.

PASQUA *summt vor sich hin:*

Im Frühling die Rebe
Der Sommer gibt Kraft,
Im Herbst dann die Traube
und der berauschende Saft.
Wir reiferen Frauen
sind der spritzigste Wein.
Man läßt uns im Keller
Im Dunkeln, allein.
Im Frühling die Saat.
Im Sommer die Garben.
Der Herbst erschafft alles,
in allen Farben.
Was uns reiferen Frauen
die Natur alles gibt
fällt langsam herunter
weil niemand es liebt.

Redet vor sich hin: Diese halbblinde Catte hat schon recht. Man muß dem Glück nachhelfen, sonst kommt es nie. Ich werde dieser Palatschinkenfabrikantin Orsola einreden, daß meine Tochter Gnese die beste Partie für ihren Halbwüchsigen ist, sonst komme ich nie auf den Heiratsmarkt.

Sie geht zu Orsolas Haus und kehrt vor ihrer Tür. Orsola öffnet das Fenster ihres Hauses und hält eine Pfanne mit einer völlig verkohlten Palatschinke heraus.

ORSOLA *schreit:* Verdammte Unzucht! Jetzt ist mir dieses Luder total angebrannt! *Sie sieht, wie Pasqua vor ihrer Tür kehrt.* He, Nachbarin, wollen Sie nicht lieber den Dreck vor Ihrer eigenen Tür kehren?

PASQUA Wie das riecht … gottvoll!

ORSOLA Was?

PASQUA Diese Palatschinke. So etwas können nur Sie machen.

ORSOLA Jedem kann einmal etwas anbrennen.

PASQUA Aber ich bitte Sie, die ist doch nicht angebrannt. Resch ist sie, resch. Aber gerade die reschesten sind die besten. Darf ich kosten, ich bin so unbeherrscht.

ORSOLA *hält ihr die Pfanne mit der verkohlten Palatschinke hin*: Bitte, wenn Sie sich nicht beherrschen können.

PASQUA *kostet die verkohlte Palatschinke:* Mein Gott, schmeckt die zart. So rauchzart. Sie müssen mir unbedingt das Rezept verraten. Darf ich den Schnee unter Ihrem Fenster auch wegkehren? Wenn ich so mitten im Kehren bin, bin ich richtig unbeherrscht.

ORSOLA Bitte, wenn Sie sich nicht beherrschen können.

PASQUA Für Sie tu ich das ja gerne. Sie sind so ein ruhiger, ausgeglichener Mensch und so eine erstklassige Köchin. Ich sag ja immer zu meiner Tochter, Gnese, sag ich, bitte nimm dir die Frau Orsola als ein Vorbild. Wenn das deine Schwiegermutter wär, sag ich, könntest du dir alle zehn Finger abschlecken. *Sie schreit zu ihrem Haus:* Gnese!

Gnese erscheint im Fenster.

GNESE Sie haben gerufen, Frau Mutter?

PASQUA *zu ihrer Tochter:* Gnese, sag ich nicht immer zu dir, daß die Frau Orsola eine vorbildliche Schwiegermutter wär?

GNESE Ich …

PASQUA Du kannst gehen, meine Tochter.

Gnese verschwindet hinterm Fenster.

PASQUA *zu Orsola:* Was sagen Sie zu meiner Tochter? So schüchtern und dabei so arbeitsam. *Sie schreit zu ihrem Haus:* Gnese!

Gnese erscheint im Fenster.

GNESE Sie haben gerufen, Frau Mutter?

PASQUA *zu ihrer Tochter:* Gnese, an was werkst du gerade?

GNESE Ich ...

PASQUA Du kannst gehen, meine Tochter.

Gnese verschwindet hinterm Fenster.

PASQUA *zu Orsola:* Sie macht ja diese Blumen für die Karnevalshüte von den feinen Herrschaften, aber nicht daß Sie glauben aus Papier, aus Samt. Was sagen Sie zu meiner Tochter? So fleißig und dabei so anständig. *Sie schreit zu ihrem Haus:* Gnese!

Gnese erscheint im Fenster.

GNESE Sie haben gerufen, Frau Mutter?

PASQUA *zu ihrer Tochter:* Gnese, tätest du auch als Friseurin arbeiten?

GNESE Ich ...

PASQUA Du kannst gehen, meine Tochter.

Gnese verschwindet hinterm Fenster.

PASQUA *zu Orsola:* Also als Friseurin arbeiten, das täte sie nie. Da müßte sie ja die Haare von fremden Herren angreifen, und das käme für meine Tochter nicht in Frage. Was sagen Sie zu meiner Tochter? So anständig und dabei so ...

ORSOLA *unterbricht sie wütend:* Jetzt hör mir einmal zu, Nachbarin. Du führst mir deine Tochter als heilige Jungfrau vor, du kehrst den Schnee vor meinem Haus, du frißt meine verkohlten Palatschinken und findest sie besonders zart, was ist los mit dir? Machst du demnächst die Aufnahmsprüfung bei den Heiligen Schwestern zum blutenden Herzen Jesu, oder bist du verrückt geworden?

PASQUA Schwester ...

ORSOLA Ja, Schwester?

PASQUA Schwester, du hast einen Sohn.

ORSOLA Danke für die Nachricht, aber das ist mir bekannt.

PASQUA Schwester, ich hab eine Tochter.

ORSOLA Auch davon hab ich schon gehört.

PASQUA Eben.

ORSOLA Eben?

PASQUA Eben.

ORSOLA Eben was?

PASQUA Das wär doch nicht uneben, wenn dein Sohn und meine Tochter …

ORSOLA Deine Tochter und mein Sohn … aber der ist doch noch ein halbes Kind.

PASQUA Wieso? Der hat schon Haare auf der Brust.

ORSOLA Das stimmt.

PASQUA Wenn man zweimal hinschaut, ist er direkt eine männliche Erscheinung.

ORSOLA Das stimmt. Wie schaut's denn mit der Mitgift deiner Tochter aus?

PASQUA Was?

ORSOLA Bist du taub? *Schreit:* Mitgift! Mitgift!

PASQUA Schwester, müssen wir so heikle Themen in aller Öffentlichkeit … kann ich zu dir ins Haus kommen?

ORSOLA Komm nur Schwester, komm nur. Ich mach dir eine anständige Palatschinke.

PASQUA Ich bitte darum. Mir ist ganz schlecht von der angebrannten. *Sie ruft zu ihrem Haus:* Gnese!

Gnese erscheint im Fenster.

GNESE Sie haben gerufen, Frau Mutter?

PASQUA Ich hab' eine dringende Ehebesprechung bei Frau Orsola. Benimm dich inzwischen!

Pasqua geht in Orsolas Haus. Gnese steht am offenen Fenster und befestigt Blumen auf einer bestickten Haube.

GNESE *spricht und singt:*

Alle reden von der Ehe
Und ich weiß noch nicht einmal,
was die Liebe ist.
Ist sie

ein unzertrennliches Band
oder ein versteckter Schrei?
Das kurze Halten einer Hand
oder ein ewiges Tandaradei?
Ist sie
ein Kitzeln und Lachen
ein Abend, ein bunter?
Oder versteht man darunter
ganz andere Sachen?
Ist sie
der Sieg der Sonne
für alle Zeit?
Oder ein Augenblick der Wonne,
den man gleich wieder bereut?

Spricht vor sich hin: Natürlich gefällt mir der junge Zorzetto, aber wie soll ich wissen, ob die Welt nicht voller Liebhaber ist, wenn mich bis jetzt erst einer angehimmelt hat?

Lucietta schaut aus dem Fenster ihres Hauses und sieht Gnese.

LUCIETTA Ah, Schwesterchen. Wie war die Partie mit meinem Verlobten? Gut? Befriedigend?

GNESE Welche Partie? Ich habe mit Anzoletto noch nie Karten gespielt.

LUCIETTA Nein? Aber vielleicht hast du ihm deine Briefmarkensammlung gezeigt?

GNESE Ich habe gar keine Briefmarken.

LUCIETTA Nein? Aber vielleicht hast du mit ihm die erste Strophe von »Großer Gott, wir loben dich« geübt? Es hat so schrill geklungen, als er bei dir oben war.

GNESE Wir haben aber nicht gesungen.

LUCIETTA Nein? Vielleicht hat er dir den Mund zugehalten, damit man deine Lustschreie nicht hört?

GNESE Ich habe aber nicht lustgeschrien. Ich habe einen Zwirn gekauft.

LUCIETTA Und? Hat er ihn dir gut eingefädelt?

GNESE Was eingefädelt?

LUCIETTA Seinen Zwirn.

GNESE Wo eingefädelt?

LUCIETTA In dein Nadelöhr.

GNESE Das mach ich doch selber.

LUCIETTA Hör zu, Schwester, ich bin der gutmütigste Mensch, den ich kenne. Aber wenn du meinen Verlobten noch einmal in deine Gemächer abschleppst, dann schleppe ich dich zum Kanal und ersäufe dich. Eigenhändig, verstanden?

GNESE Warum beschimpfst du mich immer? Ich will doch nichts von deinem Verlobten.

LUCIETTA Findest du ihn als Mann so häßlich?

GNESE Nein, aber ...

LUCIETTA Glaubst du, daß er keine erotische Ausstrahlung hat?

GNESE Nein, aber ...

LUCIETTA Würdest du ihn abweisen, wenn er mit nacktem Körper und stechenden Augen vor dir steht?

GNESE Nein, aber ...

LUCIETTA Also doch. Spielt hier die unbefleckte Empfängnis und träumt die ganze Nacht davon, daß mein Verlobter mit nackten Augen und stechendem Körper auf ihr liegt.

GNESE *neugierig:* Und was macht er da auf mir? Bitte erzähl weiter.

LUCIETTA *verdattert:* Er ... er spielt seine Partie.

GNESE Karten? In dieser Stellung? Ist das nicht ungemütlich?

LUCIETTA Er bringt dich zum Singen.

GNESE Das geht nicht. Wenn er auf mir liegt, kriege ich keine Luft.

LUCIETTA Verdammt nochmal, er fädelt seinen Zwirn ein.

GNESE Mitten in der Nacht? Weiter, was geschieht weiter?

LUCIETTA *schaut Gnese an:* Nichts, Schwester, nichts. Er packt seinen Zwirn wieder ein, murmelt etwas von verkrampfter Jungfrau, geht ins nächste Gasthaus und sauft sich einen an.

GNESE Das soll die Liebe sein? Da gefällt mir die Freundschaft besser. Möchtest du diese Blume, Schwester?

LUCIETTA *gerührt:* Du hast wirklich ein gutes Herz, Schwester.

Zorzetto stürzt auf den Campiello.

ZORZETTO Mein Herz steht in Flammen. Ich habe Shakespeare gesehen. Romeo und Julia, die Balkonszene. Ich werde meiner Geliebten Gnese eine balkonmäßige Szene liefern, daß ihr Herz nur so dahinschmilzt.

Er sieht Gnese und kniet unter ihrem Fenster nieder.

ZORZETTO

O Julia, ich bin's, dein Romeo,
den selig deines Atems Nähe macht.
Hätt' er nicht Weichheit nur, doch Flügel auch,
mich höher, hoch zu dir zu tragen …

LUCIETTA Was schreit dieser jambische Fieberkopf? Wer fliegt durch die Gegend? Warst du schon wieder im Theater?

GNESE Hier Zorzetto, fang diese Blume.

Gnese wirft die Blume hinunter. Zorzetto fängt sie auf.

ZORZETTO *völlig außer sich:* Es funktioniert, es funktioniert. Vier Zeilen aus einem Monolog von Shakespeare, und die Frauen brechen nur so nieder, sie beschmeißen dich förmlich mit Blumen. Sie liebt mich, Gnese liebt mich!

GNESE He, du Dummkopf. Bring diese Blume zu Lucietta.

Gnese verschwindet hinter ihrem Fenster.

ZORZETTO *fassungslos:* Ich bin ein Dummkopf? Die Blume gehört nicht mir?

Er geht, wie in Trance, zu Luciettas Haus.

ZORZETTO Hier, Fräulein Lucietta, diese Blume ist für Sie. Shakespeare ist ein Versager.

LUCIETTA Zorzetto, du Theaterfanatiker. Ich weiß zwar nicht, wer Shakespeare ist, aber eines weiß ich, die Gnese steht auf dich.

ZORZETTO Indem sie mich einen Dummkopf nennt.

LUCIETTA Was sich liebt, das neckt sich.

ZORZETTO Dummkopf, verehrtes Fräulein, ist keine Nekkerei, sondern eine Infragestellung der gesamten Person.

LUCIETTA Weißt du nicht, daß wir Frauen immer das Gegenteil von dem sagen, was wir meinen?

ZORZETTO Wirklich?

LUCIETTA Sicher. Wenn ein Mann uns besonders gut gefällt, dann nennen wir ihn einen letztklassigen Typ. Das reizt ihn, und er beschäftigt sich solange mit uns, bis wir ihn einen erstklassigen Typ nennen.

ZORZETTO Und wenn Julia sich ein Giftfläschchen besorgt, um mit Romeo notfalls in den gemeinsamen Liebestod zu gehen …

LUCIETTA So will sie in Wirklichkeit lieber einen guten Chianti mit ihrem Freund heben. Sicher.

ZORZETTO Und wenn Gnese zu mir sagt, Dummkopf, diese Blume gehört nicht dir, so heißt das, vom Weiblichen ins Männliche übersetzt, etwa »geliebter Genius, ich bette dich auf Rosen«?

LUCIETTA Genau das.

ZORZETTO *schreit:* Sie liebt mich! Gnese liebt mich! Shakespeare ist der Größte.

LUCIETTA Bring mir doch die Blume, Zorzetto.

ZORZETTO Oh, wie gerne. Wie gerne.

Zorzetto will mit der Blume in Luciettas Haus gehen. Anzoletto kommt auf den Campiello und sieht, wie Zorzetto mit einer Blume in das Haus seiner Verlobten Lucietta gehen will.

ANZOLETTO *schreit:* Nadeln zum Stechen! Schnüre zum Aufhängen!

LUCIETTA *voller Freude:* Ah, Anzoletto! Warte, ich komme zur Tür.

ANZOLETTO Halt. Jeder bleibt an seinem Platz. Niemand rührt sich. Ich bin Zeuge eines Verbrechens geworden.

LUCIETTA Aber Anzoletto, du irrst dich.

ANZOLETTO Selbstverständlich, ich irre mich. Ich besuche meine Verlobte, sehe, wie ihr Liebhaber unten bei der Tür mit einer Blume hineingeht, höre, wie sie sagt: »Bring mir doch die Blume, Geliebter«, und er sagt: »Aber gerne, aber gerne, Geliebte.« Aber bitte, es ist alles ein Irrtum. In Wirklichkeit ist er ein junger Mensch, der gerne Gärtner werden möchte, und du bist Abteilungsleiterin beim Städtischen Gartenbauamt, und er, diese hoffnungsvolle Pflanze, will dir seine erste selbstgezüchtete Blume zeigen ... alles klar. Zuerst bringe ich den falschen Gärtner um!

Anzoletto stürzt sich auf Zorzetto.

ZORZETTO Hilfe, ich bin unschuldig!

Orsola, die Mutter Zorzettos, schaut aus dem Fenster ihres Hauses.

ORSOLA Um Gottes willen, was macht dieser Grobian mit meinem Sohn? He, du Orang-Utan, laß sofort mein unschuldiges Kind los!

ANZOLETTO Dieses unschuldige Kind hat sich in meine Verlobung gezwängt! Ich erwürge ihn.

LUCIETTA *zu Orsola:* Was ist mein Verlobter? Was, bitte, ist mein Verlobter?

ORSOLA *zu Lucietta:* Ein Untier afrikanischen Aufsprungs. Aber Sie beherrschen ja nicht einmal die Grundbegriffe der internationalen Fauna.

LUCIETTA Und du bist so dumm, daß du nur nachplappern kannst, was diese dumme Gasparina an Dummheiten daherredet.

ORSOLA Und du bist so geil, daß dir nicht einmal ein Gorilla genügt. Jetzt mußt du auch noch mein sauberes Kind in deinen dreckigen Käfig locken.

LUCIETTA Wer will denn diesen aufgestellten Mausdreck? Den soll sich die Gnese aufs Brot schmieren.

Gnese schaut aus dem Fenster ihres Hauses.

GNESE Wen, bitte, soll ich mir aufs Brot schmieren?

LUCIETTA Geh zurück in deine Kammer, Schwester, und träum weiter.

GNESE Ich will aber nicht mehr träumen.

LUCIETTA Seht euch diese unbefleckte Empfängnis an. Sie will echte Flecken.

Pasqua, die Mutter Gneses, stürzt aus dem Haus von Orsola.

PASQUA Welcher Unhold hat mein Kind befleckt?

ANZOLETTO Was? Flecken? Ich bringe diesen Schmutzfink um.

Er stürzt sich wieder auf Zorzetto.

ZORZETTO Hilfe! Ich bin fünfzehn. Ich werde erst in einem Jahr sechzehn. Ich habe noch nichts und niemanden befleckt.

ORSOLA *zu Lucietta:* Nimm endlich deinen Affen an die Leine, du Zirkushure, er bringt ja mein Kind um!

Catte, die Mutter Luciettas, stürzt aus ihrem Haus. Der Cavaliere kommt auf den Campiello.

CATTE Wer beleidigt hier meine Tochter? Wir sind eine anständige Familie. Von uns war niemand beim Zirkus.

CAVALIERE *diskret zu Catte:* Pardon, Gnädigste, aber haben Sie den Ring mit einer dementsprechenden Empfehlung an Ihre Tochter weitergegeben?

Anzoletto läßt Zorzetto aus und schreit auf.

ANZOLETTO Was höre ich? Ein Ring für meine Verlobte? Ein Verbrechen jagt das andere!

CAVALIERE Mon dieu! Der rasende Rabauke.

Anzoletto läßt Zorzetto los und geht drohend auf den Cavaliere zu.

ZORZETTO Ich bin gerettet.

ANZOLETTO *zum Cavaliere:* Mein Herr …

CAVALIERE Belieben?

ANZOLETTO Sie haben da eben von einem Ring gesprochen.

CAVALIERE Habe ich …?

ANZOLETTO Für meine Verlobte.

CAVALIERE Habe ich …?

ANZOLETTO Sehen Sie diese Hände?

CAVALIERE Notgedrungen …

ANZOLETTO Sie werden sich wie ein eiserner Ring um Ihren Hals legen. Sie werden den Namen meiner Verlobten für alle Ewigkeit aushauchen.

CAVALIERE Guter Mann. Eskalieren Sie nicht mit Ihrer Unbesonnenheit …

ANZOLETTO Rache!

ORSOLA Der Orang-Utan dreht durch!

PASQUA Ruft die Wärter!

CATTE Halt, Anzoletto, hör auf! Hörst du schlecht!?

ANZOLETTO Ich höre gestochen scharf. Rache!

CATTE Der Herr hat mir den Ring gegeben.

ANZOLETTO Für meine Verlobte. Rache!

CATTE Für mich! *Sie hält den Ring hoch.*

PASQUA Für sie?

ORSOLA Für sie?

GNESE Für sie?

LUCIETTA Für sie?

CAVALIERE Für sie?

ANZOLETTO Für sie?

ZORZETTO Eine unerwartete Wendung. Wie im Theater.

CATTE Was ist denn los? Was habt ihr denn alle? Ein Herr hat mir die Verlobung angetragen. Na und? Als hübsche Frau mittleren Alters muß man ständig mit so etwas rechnen. Ich habe noch nicht zugesagt, man darf nichts überstürzen. *Zum Cavaliere:* Nicht wahr, Liebster?

CAVALIERE Nein, nein, nur nichts überstürzen.

Zorzetto schleicht vorsichtig zum Haus seiner Mutter.

ANZOLETTO Halt! *Zu Catte:* Mit diesem Blumenträger sind Sie ja nicht verlobt, oder?

ORSOLA Also bitte.

ZORZETTO Schon wieder eine Wendung. Ich halte dieses Theater nicht mehr aus.

ANZOLETTO Gut. Dann bringe ich ihn um. Siehst du diese Hände?

ZORZETTO Frau Mutter!

ORSOLA Kann denn niemand diesen Affen bändigen?

ANZOLETTO Sie werden sich wie ein eiserner Ring um deinen Hals legen. Du wirst den Namen meiner Verlobten für alle Ewigkeit aushauchen. Die Blume in deiner Hand wird dein Grab zieren.

LUCIETTA Jetzt hör endlich auf, du Idiot. Diese Blume ist ein Geschenk von Gnese an mich.

GNESE Das stimmt. Sie hat mir gesagt, daß der Mann in der Nacht auf der Frau liegt und versucht, seinen Zwirn einzufädeln.

LUCIETTA Sei doch ruhig. *Zu Anzoletto:* Was bist du eigentlich für ein Verlobter? Die ganze Zeit rennst du hinter falschen Liebhabern her statt hinter der echten Geliebten. Ich habe genug von dir. Alle Verbindungen zwischen uns sind null und nichtig.

Sie verschwindet im Haus.

ORSOLA Schnell, Zorzetto, komm ins Haus. Solange dieser Orang-Utan durch die Gegend rennt, ist der Campiello gefährlich wie ein Urwald.

ZORZETTO Gerne, Frau Mutter, gerne.

Zorzetto verschwindet im Haus seiner Mutter.

CATTE *zu Anzoletto:* Komm, Schwiegersohn, wir gehen ins Haus. Ich mache dir ein warmes Fußbad, du erzählst mir vom Karneval auf der Piazza San Marco, und dann überreden wir meine Tochter, daß sie die Verlobung wieder aufnimmt.

ANZOLETTO Ich weiß nicht …

CATTE Was ist, soll ich dir vielleicht auch noch den Hintern waschen? *Zum Cavaliere:* Bis später, Geliebter.

CAVALIERE Jaja, bis viel später.

Sie nimmt Anzoletto an der Hand und zieht ihn ins Haus. Der Cavaliere und Pasqua sind allein auf dem Campiello. Der Cavaliere atmet tief durch.

PASQUA *zum Cavaliere:* Sie sind mir vielleicht einer.

CAVALIERE Wie meinen?

PASQUA Ich verstehe ja, daß Sie auf reifere Frauen aus sind, aber muß es gleich die reifste sein?

CAVALIERE Pardon?

PASQUA Sind Sie jetzt mit der verlobt oder nicht?

CAVALIERE Ach so. Aber nein. Ich verstehe das Ganze als karnevalistische Erheiterung. Ein komisches Ding, sozusagen.

PASQUA Welcher Ring?

CAVALIERE Wieso Ring?

PASQUA Sie sagten doch Ring.

CAVALIERE Ich sagte Ding.

PASQUA Und wo ist der Ring, von dem Sie dauernd reden?

CAVALIERE Verzeihen Sie, Gnädigste, hören Sie schlecht?

PASQUA *ruft zum Fenster ihres Hauses:* Gnese!

Gnese erscheint im Fenster.

GNESE Sie haben gerufen, Frau Mutter?

PASQUA *zu Gnese:* Übst du wohl fleißig den heißen Tanz, den ich dir beigebracht hab? Man muß solange den Wechselschritt machen, bis die Männer umfallen.

GNESE Ich …

PASQUA Du kannst gehen, meine Tochter.

Gnese verschwindet im Haus.

CAVALIERE Ihre Tochter ist wohl eine rassige Tänzerin?

PASQUA Reinrassig.

CAVALIERE Und sie bringt die Männer zum Umfallen?

PASQUA Der Ring. Wo ist der Ring?

CAVALIERE Der Ring? Ach so, der Ring.

Er greift in seine Tasche und überreicht Pasqua einen Ring.

CAVALIERE Seien Sie doch so nett und geben Sie Ihrer Tochter diesen Ring.

PASQUA Ich bin so nett.

CAVALIERE Und sagen Sie ihr …

PASQUA Was denn?

CAVALIERE Daß ich zu gerne mit ihr einmal umfallen tät. Ich danke Ihnen, Mütterchen.

PASQUA Bitte, Väterchen.

CAVALIERE Danke.

PASQUA Bitte.

Pasqua geht schnell in ihr Haus. Der Cavaliere reibt sich die Hände und lacht.

CAVALIERE Das ist ja einfach gottvoll hier. Meine ganze Adelsverwandtschaft fadisiert sich in den Palästen, und ich, einer intelligenten Eingebung folgend, absentiere mich in diese Arme-Leute-Gegend, und was darf ich innerhalb eines einzigen Vormittags erleben? Die Bekanntschaft mit einer Apfelblüte, den Überfall ihres affenartigen Verlobten, die blitzartige Verlobung mit einer Großmutter, die Vermittlung einer umwerfenden Tänzerin …

Gasparina winkt ihm aus ihrem Erker zu.

CAVALIERE … und selbst diese Erkerschönheit, die mir durch den Mund eines asthmatischen Wirtes etwas husten ließ, kokettiert mich nun an. Gottvolle Gegend!

GASPARINA Entsetzliche Gegend, finden Sie nicht? Leider zwingt mich ein schaudervolles Schicksal, die pöbelhafte Luft dieses Campiello zu atmen.

CAVALIERE *lächelnd:* Ich interessiere mich brennend für schauderhafte Schicksale. Ich flehe Sie an, erzählen Sie.

GASPARINA Ich flehe Sie an, entreißen Sie mir nicht mein Geheimnis.

CAVALIERE Doch, ich entreiße.

GASPARINA So hören Sie, unduldsamer Fremder. Vor vielen, vielen Jahren, da lebte einst ein Mann …

CAVALIERE Bitte kürzer. Ich bin so ungeduldig.

GASPARINA Also vor etlichen Jahren, da zeugte ein Mann …

CAVALIERE Noch kürzer. Ich berste vor Neugier.

GASPARINA Also vor einigen Monaten, da starb in Armut und Verlassenheit der Mann …

CAVALIERE Kürzer. Ich halte es nicht mehr aus.

GASPARINA Kurz und gut. Ich bin die Tochter dieses Mannes. Man sagt, dieser Mann war ein Edelmann. Ich bin vermutlich adelig.

CAVALIERE *für sich:* Schade. Der echte Rotz auf den Oberlippen der proletarischen Mädels ist mir lieber als das falsche Rot auf den Wangen der adeligen Fräuleins. Diese Sorte von Frauen kenne ich.

Der Cavaliere will zurück ins Wirtshaus gehen.

GASPARINA Sie drängender Draufgänger. Kennen Sie den Marquese Silberschneider?

CAVALIERE Silberschneider?

GASPARINA Er hat die Knödel am Hofe des Dogen eingeführt. Dieser Adelige verfolgt mich mit seinen Anträgen.

CAVALIERE Und Sie?

GASPARINA Ich habe ihm gesagt, daß er sich davonrollen soll. Ich bitte Sie, ein Deutscher.

CAVALIERE *will ins Gasthaus gehen:* Ich rolle mich ebenfalls …

GASPARINA Man kann ja hier mit niemandem über Kunst reden. Was sagen Sie zur neuen Julia im Theater San Cassian?

CAVALIERE Nun, was sage ich …

GASPARINA Ich finde, sie stirbt viel zu echt, finden Sie nicht? Ich meine, ihr Tod sollte allgemeiner sein, symbolischer. Er sollte für alle Liebenden dieser Welt gelten. Etwa so …

Sie nimmt eine Chiantiflasche vom Fenstersims und trinkt daraus. Dann sinkt sie röchelnd und jammernd hinter dem Fenster zu Boden. Der Cavaliere verschwindet im Gasthaus. Anzoletto und Catte kommen aus Cattes Haus auf den Campiello. Gasparina erscheint wieder im Fenster.

GASPARINA Was sagen Sie zu meinem Tod?

CATTE Nicht schlecht. Aber das nächstemal solltest du echtes Gift nehmen und nicht den Chianti deines Onkels aussaufen.

GASPARINA O, wie primitiv, wie entsetzlich primitiv.

Gasparina verschwindet vom Fenster des Erkers.

ANZOLETTO *zu Catte:* Sie will nicht, also will sie nicht.

CATTE Aber natürlich will sie. Wenn ich dir sage, sie will, dann will sie.

ANZOLETTO So? Warum will sie mich dann umbringen, wenn ich ihr noch einmal unter die Augen trete?

CATTE Na und? Hast du nicht den verliebten Unterton bei dem Wort »umbringen« gehört?

ANZOLETTO Nein.

CATTE Armer Kerl. Meine Tochter macht ihm eine Liebeserklärung, und er versteht kein Wort.

ANZOLETTO Ja.

CATTE Was heißt hier »ja«. Willst du sie heiraten oder nicht?

ANZOLETTO Ja. Nein.

CATTE Was glaubst du eigentlich, wer du bist? Der Hoflieferant des Dogenpalastes oder ein dreckiger Vagabund, der froh sein muß, wenn ihm jemand eine rostige Nadel abkauft?

ANZOLETTO Ja.

CATTE Anzoletto, mein Sohn, was ist los mit dir? Ich beleidige dich, und du schreist mich nicht einmal an. Bist du krank?

ANZOLETTO Frau Mutter, ich möchte Ihre Tochter so gerne heiraten, aber ich kann nicht.

CATTE Wieso? Hast du eine ansteckende Krankheit?

ANZOLETTO Schlimmer.

CATTE Schlimmer? Um Gottes willen, hängt dir eine ständige Trauerweide zwischen den Beinen?

ANZOLETTO Noch schlimmer.

CATTE Noch schlimmer?

ANZOLETTO Ich bin arm.

CATTE Das ist wirklich das Schlimmste im Leben.

ANZOLETTO Seit Jahren träume ich davon, einen eigenen Stand zu haben, damit mich die Marktleute nicht immer wie einen Hund davonjagen. Frau Mutter, ich habe nicht einmal genug Geld, um einen Ring zu kaufen und ein Hochzeitsessen zu bestellen. Sie haben schon recht, ich bin ein dreckiger Vagabund.

CATTE Wer das von meinem Schwiegersohn sagt, dem fahre ich eigenhändig an die Gurgel. Du bist ein aufstrebender Geschäftsmann mit wechselnder Niederlassung.

ANZOLETTO Ich?

CATTE Vom Schicksal begünstigt.

ANZOLETTO Ich?

Catte gibt ihm den Ring des Cavaliere.

ANZOLETTO Aber das ist doch der Ring …

CATTE Nimm schon, du Idiot. Pass' auf, ich rufe jetzt meine Tochter, und du stürzt vom Campiello in Richtung eines Juweliers, verstanden?

ANZOLETTO Wieso Juwelier?

CATTE Um einen Ring zu kaufen.

ANZOLETTO Ich habe doch schon einen Ring.

CATTE Muß denn meine Tochter unbedingt erfahren, daß ihr zukünftiger Mann nicht einmal genug Geld hat, um einen Ring zu kaufen? Muß denn ihre Ehe mit einer Enttäuschung beginnen? *Sie schreit zum Fenster ihres Hauses:* Lucietta!

Lucietta erscheint im Fenster des Hauses.

LUCIETTA Ja, Frau Mutter?

ANZOLETTO Ich bin ein aufstrebender Geschäftsmann mit wechselnder Niederlassung. Ich stürze vom Campiello in Richtung eines Juweliers.

Er läuft vom Campiello.

LUCIETTA Ist der verrückt geworden?

CATTE Der ist klar im Kopf wie noch nie. Er … leider darf ich es nicht verraten … obwohl …

LUCIETTA Obwohl was?

CATTE Das Geheimnis steckt mir im Halse …

LUCIETTA Um Gottes willen, Sie werden immer röter im Gesicht.

CATTE Die Adern schwellen an …

LUCIETTA Reden Sie, Frau Mutter, sonst werden Sie ohnmächtig.

CATTE Dein Verlobter ist zum Juwelier gerannt …

LUCIETTA Will er ihn ausrauben?

CATTE … um den Hochzeitsring zu kaufen.

LUCIETTA Nein!

CATTE Ja!

LUCIETTA *voller Freude:* Ich werde Braut! Ich werde Gattin! Ich werde Mutter! *Sie schreit:* Gnese! Zorzetto! Donna Pasqua! Donna Orsola!

Gnese, Pasqua, Orsola, Zorzetto und Sansuga schauen aus den Fenstern ihrer Häuser.

GNESE Was gibt's, Schwester?

PASQUA Ist der Campanile umgefallen?

ZORZETTO Brennt das Theater?

ORSOLA Will jemand Palatschinken kaufen?

SANSUGA Hat man ein Mittel gegen Asthma erfunden?

LUCIETTA Eine ungeheure Nachricht. Eine Weltsensation. Ich …

CATTE *zu Lucietta:* Still, Tochter. Bevor der Affe im Käfig ist, soll man nicht die Eintrittskarten für seine Besichtigung verkaufen.

LUCIETTA Ich … ich … ich möchte euch alle auf eine Partie Semola einladen.

SANSUGA Ach so.

Sansuga verschwindet im Gasthaus.

ORSOLA Semola? Und deshalb schreit sie wie ein abgestochenes Schwein?

CATTE Wenn meine Tochter euch alle auf eine Partie Semola einlädt und ich dafür mein ganzes Mehl hergebe, so ist das eine gute Nachricht, Frau Nachbarin.

ORSOLA Wenn du dein Mehl hergibst ...

PASQUA Wenn sie ihr Mehl hergibt ...

CATTE Also los. Kommt alle auf den Campiello. Wir bringen Tisch und Mehl.

Catte geht in ihr Haus. Lucietta verschwindet vom Fenster.

PASQUA *zu Gnese:* Geh schon auf den Campiello, ich komme nach.

ORSOLA *zu Zorzetto:* Geh schon auf den Campiello, ich komme nach.

Gnese verschwindet vom Fenster. Pasqua, ihre Mutter, bleibt am Fenster. Zorzetto verschwindet vom Fenster. Orsola, seine Mutter, bleibt am Fenster.

PASQUA *zu Orsola, von Fenster zu Fenster:* Jetzt werden Sie sehen, Frau Nachbarin, wie wild die beiden aufeinander sind.

ORSOLA Wenn sie es zu wild treiben, müssen wir einschreiten. Sie sind ja noch nicht einmal verlobt.

Gnese kommt aus dem Haus. Zorzetto kommt aus dem Haus. Die beiden merken, daß sie allein auf dem Campiello sind, und bleiben stehen. Sie merken, daß ihnen ihre Mütter zuschauen. Schweigen.

PASQUA Meine Tochter, geh schön hin zu dem jungen Herrn und gib ihm deine Hand. Sie erlauben doch, Frau Nachbarin?

ORSOLA Aber bitte.

Gnese rührt sich nicht.

ORSOLA Mein Sohn, geh schon hin zu dem jungen Mädchen und gib ihr einen Kuß auf die Wange. Sie erlauben doch, Frau Nachbarin?

PASQUA Aber bitte.

Zorzetto rührt sich nicht von der Stelle. Schweigen.

ORSOLA Was ist das für eine Jugend heutzutage?

PASQUA Uns hat man die Liebhaber von der Brust reißen müssen, und die machen überhaupt keine Anstalten.

Catte und Lucietta kommen mit einem Tisch, auf dem ein Berg Mehl aufgehäuft ist, auf den Campiello.

CATTE Was ist los? Wollt ihr Semola spielen oder nicht?

Orsola und Pasqua verschwinden von den Fenstern.

LUCIETTA Frau Mutter, wenn ich nicht bald hinausschreien kann, daß ich demnächst Gattin werde, werde ich ohnmächtig.

CATTE Hier hast du eine Münze und sei ruhig.

Orsola und Pasqua erscheinen auf dem Campiello.

PASQUA *zu Gnese:* Sag einmal, gefällt er dir nicht?

GNESE Frau Mutter, ich …

PASQUA Na also, hier hast du eine Münze und sei ruhig.

ORSOLA *zu Zorzetto:* Sag einmal, gefällt sie dir nicht?

ZORZETTO Frau Mutter, ich …

ORSOLA Na also, hier hast du eine Münze und sei ruhig.

Alle stellen sich um den Tisch.

LUCIETTA Frau Mutter, meine Adern schwellen an …

CATTE Auf los geht's los. Jeder wirft seine Münze in das Mehl. Los!

ORSOLA Los!

PASQUA Los!

ZORZETTO Los!

GNESE Los!

LUCIETTA Frau Mutter, ich werde immer röter im Gesicht, wenn ich nicht endlich sagen kann …

CATTE Jetzt mischen wir das Mehl anständig durch.

ORSOLA Das mache ich. Ich mische für mein Leben gern.

CATTE Mußt du mit deinen öligen Fingern mein sauberes Mehl verkleben?

Orsola hält die Hände hoch. An ihren Fingern klebt Mehl.

ORSOLA Wer hat ölige Finger? Wer bitte hat ölige Finger?

PASQUA Ich mache die Häufchen.

Sie macht besonders große Mehlhaufen und ein paar kleine. Sie schiebt den großen ihrer Tochter zu.

CATTE *zu Pasqua:* Diese verkümmerten Maulwurfshügel sind wohl für uns, was?

PASQUA Ja.

CATTE Und diese Abruzzen hier gehören wohl deiner Tochter, was?

PASQUA Ja.

CATTE Seht euch diese greise Schwindlerin an!

PASQUA Halte dich zurück, du falsche Verlobte!

LUCIETTA Frau Mutter, ich kann mich nicht mehr zurückhalten. Ich ersticke ... *Sie schreit:* Ahhhhhhhhhhhhhhhhhh!

Fabrizio, der Onkel Gasparinas, erscheint im Erker seines Hauses. Er hat ein Buch in der Hand.

FABRIZIO Bei meiner Doktorwürde! Was ist hier los?

LUCIETTA *schreit:* Ich bin Braut! Ich werde Gattin! Ich werde Mutter!

FABRIZIO Was immer Menschen Ihres Schlages auch sind oder werden, verehrtes Fräulein, es ist völlig gleichgültig in Anbetracht der hohen Wissenschaft. Ich verfasse gerade einen Essay über das Liebesleben der Miesmuscheln und bitte mir absolute Ruhe aus.

CATTE Und wieso ist das Liebesleben meiner Tochter weniger wichtig als das Ihrer Miesmuscheln?

FABRIZIO Um das zu verstehen, Verehrteste, müßten Sie zehn Semester in Parma studieren.

CATTE Und Sie haben dort studiert?

FABRIZIO Und promoviert.

CATTE Und jetzt vermiest er den Muscheln das Liebesleben, dieses Schwein.

ORSOLA Der ist ja abnorm.

FABRIZIO Silentium, Pöbel, oder ich lasse den Platz von der Polizei räumen.

PASQUA Das können diese Studierten. Sich an Muscheln aufgeilen und nach der Polizei schreien.

CATTE He, du akademischer Scheißkopf. Kümmere dich lieber um das Liebesleben deiner Nichte Gasparina. Wenn die nicht bald einen Mann bekommt, kannst du sie bei den Schwestern zur ewigen Entsagung abliefern.

FABRIZIO Wiederholen Sie dieses Wort.

CATTE Zur ewigen Entsagung.

FABRIZIO Nein. Was Sie zuerst gesagt haben.

CATTE Was habe ich zuerst gesagt?

FABRIZIO Sie haben mich einen akademischen Scheißkopf genannt. Das werden Sie vor Gericht wiederholen.

CATTE Ich? Ich habe so etwas gesagt? Habe ich so etwas gesagt, Kinder?

LUCIETTA Nein, die Frau Mutter hat nichts gesagt.

PASQUA Die Catte sagt ja nie etwas.

ORSOLA Die ist eher ein gehemmter Mensch. *Zu Fabrizio:* Die lebt mehr nach innen, wissen Sie.

FABRIZIO *schreit:* Ich verliere die Contenance …

CATTE Der Arme.

PASQUA Völlig mit den Nerven herunter.

ORSOLA Er hat zu lange studiert.

CATTE Das kommt vor.

Fabrizio schreit auf und wirft das Buch voller Zorn auf die Mehlhäufchen. Das Mehl stäubt auf. Fabrizio verschwindet im Haus. Alle schreien durcheinander und suchen die Münzen auf dem Boden.

Der Cavaliere erscheint auf dem Campiello und geht vorsichtig zu Pasqua.

CAVALIERE *diskret:* Pardon, Gnädigste, aber haben Sie den Ring mit meinen dementsprechenden Absichten an Ihre umwerfende Tochter weitergegeben?

Anzoletto stürzt keuchend auf den Campiello.

ANZOLETTO *ringt nach Luft:* Ich bin ein aufstrebender Geschäftsmann mit wechselnder Niederlassung. Ich stürze vom Campiello in Richtung eines Juweliers. Ich kreise dreimal um das Haus des Juweliers und stürze wieder zurück auf den Campiello.

CATTE Halt den Mund. Hast du den Ring?

ANZOLETTO Hier, Frau Schwiegermutter. Wollen Sie ihn jetzt wieder zurückhaben?

CATTE Halt den Mund. *Sie hält den Ring hoch.* Hört alle her. Diesen Ring hat der brave Anzoletto soeben beim Juwelier gekauft. Es ist der Hochzeitsring für meine Lucietta.

CAVALIERE Das Mädel heiratet?

CATTE Es lebe das Brautpaar!

Sie streift Lucietta den Ring über den Finger.

ALLE Es lebe das Brautpaar!

PASQUA *für sich:* Nicht schlecht, die alte Catte. Aber warte.

Sie hält den Ring hoch, den ihr der Cavaliere für Gnese gegeben hat.

Hört alle her. Diesen Ring hat dieser brave Edelmann – *sie zeigt auf den Cavaliere* – für die Verlobung meiner Tochter Gnese mit Zorzetto gestiftet.

CAVALIERE Das Mädel verlobt sich?

PASQUA Ein Hoch auf die Verlobung von Gnese und Zorzetto!

Sie streift Gnese den Ring über den Finger.

ALLE Ein Hoch auf die Verlobung von Gnese und Zorzetto!

CATTE Nicht schlecht, die alte Pasqua. Aber warte. *Sie zieht ihrer Tochter Lucietta, unbemerkt von den anderen, den Ring vom Finger und hält den Ring hoch.* Hört alle her. Mit diesem Ring hat mir dieser brave Edelmann – *sie zeigt auf den Cavaliere* – die Verlobung angetragen. Ich habe mich entschieden. Ich nehme die Verlobung an. In meine Arme, Geliebter!

CAVALIERE Ich bin verlobt?

ALLE Ein Hoch auf die Verlobung von Donna Catte mit dem braven Edelmann!

PASQUA Nicht schlecht, die alte Catte. Aber warte. *Sie zieht ihrer Tochter Gnese, unbemerkt von den anderen, den Ring vom Finger und hält den Ring hoch.* Hört alle her. Mit diesem Ring hat dieser schurkische Fremde – *sie zeigt auf den Cavaliere* – auch mir die Verlobung mit ihm versprochen.

CAVALIERE Ich bin schon wieder verlobt?

ALLE Nieder mit dem schurkischen Fremden!

Catte und Pasqua bedrängen den Cavaliere.

CATTE Der Herr ist ein Bigamist.

PASQUA Also so einer sind Sie. Versprechen zwei Frauen gleichzeitig die Verlobung.

CATTE Wie haben Sie sich das eigentlich vorgestellt? Eine Nacht bei mir und eine Nacht bei ihr?

PASQUA Wir sind hier nicht im Vatikan. Hier geht es anständig zu.

CATTE Weil wir gerade vom Vatikan reden. Kennen Sie zufällig den neuen Papst?

CAVALIERE Leider …

CATTE Ihr Pech. Er hätte Ihnen als einziger Dispens erteilen können.

PASQUA Aber das dauert oft Jahre.

CATTE Jahre. Ich sehe schwarz für ihn, Schwester.

PASQUA Ich sehe noch schwärzer für ihn, Schwester.

CAVALIERE Aber meine Damen. Das Ganze ist doch wohl ein Scherz?

CATTE Kusch, Bigamist. Anzoletto, sage ihm, daß man mit dem Volk keine Scherze treibt.

ANZOLETTO *zum Cavaliere:* Sehen Sie diese Hände? Sie werden sich wie ein eiserner Ring um Ihren Hals legen. Sie werden den Namen Ihrer beiden Verlobten für alle Ewigkeit aushauchen …

CAVALIERE Um Gottes willen, der rabiate Rabauke!
PASQUA Leider, lieber Herr, Sie sind verloren.
CATTE Auf ewig. Das heißt …
PASQUA Das heißt was, Schwester?
CATTE Wir machen den Garanghello mit ihm.
PASQUA Den einfachen oder doppelten, Schwester?
CATTE Den doppelten natürlich.
CAVALIERE Pardon, die Damen. Handelt es sich bei diesem Garanghello um eine besondere Todesart?
CATTE Sterben wollen Sie? So einfach kommen Sie nicht davon. Sie zahlen das Hochzeitsessen für Lucietta und Anzoletto.
PASQUA Und das Verlobungsmahl für Gnese und Zorzetto.
ORSOLA Und dreihundert Palatschinken.
LUCIETTA Und den Wein.
ANZOLETTO Und den Käse.
GNESE Und die Trauben.
ZORZETTO Und einen Freiplatz im Theater.
CATTE Und wir zahlen Ihnen das Ganze in hundert Jahren zurück. Das ist allerdings der einfache Garanghello.
CAVALIERE Und der doppelte?
CATTE Wir zahlen alles in zweihundert Jahren zurück.
CAVALIERE Oh du einfaches Volk, ich liebe dich. Worauf wartet ihr. Ruft den Wirt. Ich zahle alles, alles.
CATTE *schreit:* Sansuga!
PASQUA Sansuga!
ORSOLA Sansuga!
LUCIETTA Sansuga!
ANZOLETTO Sansuga!
GNESE Sansuga!
ZORZETTO Sansuga!

Sansuga, der Wirt, stürzt aus dem Gasthaus.

SANSUGA Hier bin ich. Wo ist das Mittel gegen Asthma?

Dritter Akt

Abend auf dem Campiello. Der Campiello ist mit Lampions erleuchtet. Der Cavaliere steht am Balkon von Sansugas Gasthaus und beobachtet die Leute, wie sie auf dem Campiello Hochzeit und Verlobung feiern. Sie machen Musik, singen und tanzen. Catte beginnt mit einem Refrain, die anderen fallen ein.

CATTE

Der Herr hat uns gegeben
nichts als den Atem zum Leben.
Nichts als Mühe und Plag
ist der kommende Tag.
Einen leeren Ranzen.
Ein Bett voller Wanzen.
Gottvertrauen
und aufs Jenseits bauen.
Da werden wir eben
unsere Stimmen erheben
und schreien: Wo bleibt unser Leben?
Was wird es uns bringen?
Anzoletto soll singen!

ANZOLETTO *singt:*

Ich wünsche mir von ganzem Herzen
hundertsechzig Sesterzen,
zwei Mohren als Adjutanten
und einen weißen Elefanten.
Ich komme dann
am Rücken meines weißen Elefanten,
begleitet von den schwarzen Adjutanten
beim großen Tor des Marktamts an.
He, Ihr, sag ich,
(ich sage »Ihr«, weil ich jetzt nobel sprich),
gebt mir die Konzession

für einen Stand am Markt.
Ich zahl sogar
die Stempelmarken in bar.
Hundertsechzig
auf Heller und Sesterz.
Kein Scherz.
Wenn nicht, sag ich,
ihr Arschvaganten,
(ich sage dieses Wort, weil ich jetzt zornig sprich),
befehl ich meinen Adjutanten,
die geben's weiter an den Elefanten,
daß er sie holt, die Konzession
aus eurem Amtspalaste.
Gut, gut, sag ich,
(ich sag es jovial, weil ich jetzt locker sprich).
Man überreicht mir schon
ganz aufgeregt die Konzession.
Ich sehe nur die Buckel der Beamten
vom hohen Rücken meines weißen Elefanten.
Warum braucht man, sag ich,
(ich sag es laut, weil ich schon wieder zornig sprich),
ihr Arschvaganten,
wenn man vom Amte was begehrt,
zwei schwarze Adjutanten
und einen weißen Elefanten?

ALLE

Der Herr hat uns gegeben
nichts als den Atem zum Leben.
Nichts als Mühe und Plag
ist der kommende Tag.
Einen leeren Ranzen.
Ein Bett voller Wanzen.
Gottvertrauen
und aufs Jenseits bauen.
Da werden wir eben

unsere Stimmen erheben
und schreien: Wo bleibt unser Leben?
Was wird es uns bringen?
Lucietta soll singen!

LUCIETTA

Die Kinder sollen nett sein.
Der Braten soll fett sein.
Die Schürze soll neu sein.
Der Alte soll treu sein.
Der Hausherr soll sterben.
Und wir sollen erben.

ALLE

Der Herr hat uns gegeben
nichts als den Atem zum Leben.
Nichts als Mühe und Plag
ist der kommende Tag.
Einen leeren Ranzen.
Ein Bett voller Wanzen.
Gottvertrauen
und aufs Jenseits bauen.
Da werden wir eben
unsere Stimmen erheben
und schreien: Wo bleibt unser Leben?
Was wird es uns bringen?
Zorzetto soll singen!

ZORZETTO

Ich wünsche, ich wäre die Sonne.
Ich scheine zu dir hinauf.
Mein Licht trifft deine Augen
und weckt dich auf.
Ich bleibe in deiner Kammer.
Die Welt ist mir egal.
Ich kitzle deine Ohren
mit meinem warmen Strahl.
Jetzt höre ich dein Lachen

und scheine in dein Gesicht.
Und wirft es einen Schatten,
schon mache ich Licht.
Die Menschen draußen rufen
nach meinem verlorenen Schein.
Es ist mein ganzes Verlangen
nur deine Sonne zu sein.

ALLE

Der Herr hat uns gegeben
nichts als den Atem zum Leben.
Nichts als Mühe und Plag
ist der kommende Tag.
Einen leeren Ranzen.
Ein Bett voller Wanzen.
Gottvertrauen
und aufs Jenseits bauen.
Da werden wir eben
unsere Stimmen erheben
und schreien: Wo bleibt unser Leben?
Was wird es uns bringen?
Gnese soll singen!

GNESE

Ich wünsche mir endlose Liebe,
die es noch nirgendwo gibt.
Ich wünsche mir einen Mann,
der so etwas kann.
Ich wünsche mir endlose Liebe
bis die Sonne verglüht.
Bis ein schwarzer Flieder
aus Steinbrocken blüht.
Ich wünsche mir endlose Liebe
bis der Fluß aufwärts rinnt
und die Menschen auf dieser Erde
ganz andere sind.
Ich wünsche mir endlose Liebe

bis zum ewigen Schnee.
Bis die Grillen verklingen
im toten Klee.

ALLE

Der Herr hat uns gegeben
nichts als den Atem zum Leben.
Nichts als Mühe und Plag
ist der kommende Tag.
Einen leeren Ranzen.
Ein Bett voller Wanzen.
Gottvertrauen
und aufs Jenseits bauen.
Da werden wir eben
unsere Stimmen erheben
und schreien: Wo bleibt unser Leben?
Was wird es uns bringen?
Die Catte soll singen!

CATTE

Wo wohnt der Reiche?
Im schönen Palast.
Wo sitzt der Arme?
Auf dem trockenen Ast.
Wie geht der Lahme?
Am krummen Stock.
Doch die Liebe
die Liebe
die Liebe
die Liebe
die Liebe
wohnt unter jedem Rock.

Die Leute vom Campiello gehen lachend und lärmend in Sansugas Gasthaus. Der Cavaliere bleibt noch kurz auf dem Balkon stehen und geht dann zurück ins Gasthaus. Der Campiello ist leer. Plötzlich fällt ein Koffer aus einem oberen Fenster von Sansugas Gasthaus auf den Campiello. Dann noch einer. Nach einiger Zeit kommt der Cavaliere vorsichtig aus dem Gasthaus. Er schaut sich um und nimmt den Koffer. Gasparina beobachtet aus ihrem Erker die ganze Szene. Der Cavaliere will sich mit den Koffern aus dem Staub machen.

GASPARINA Guter Mann, ist Ihnen der Lärm des Pöbels unerträglich geworden? Wie gut ich Sie verstehen kann.

CAVALIERE *für sich:* Mon dieu, die adelige Tragödin. *Zu Gasparina:* Gute Frau, ich muß Ihnen ein Geheimnis anvertrauen.

GASPARINA Auch Sie haben ein Geheimnis? Wie aufregend.

CAVALIERE Ich, der Cavaliere Astolfi …

GASPARINA Sie, der Cavaliere Astolfi …

CAVALIERE Erbe zahlloser Güter vor und hinter Neapel …

GASPARINA Wie angenehm …

CAVALIERE Habe alles versoffen und verhurt.

GASPARINA Wie schockierend.

CAVALIERE Und jetzt habe ich nicht einmal mehr das Geld, um in dieser letztklassigen Absteige die Zeche zu bezahlen. Sie werden daher verstehen, daß ich mich auf französisch empfehlen muß. Adieu, Verehrteste.

Der Cavaliere will gehen.

GASPARINA Bleiben Sie doch. Haben Sie es denn nicht bemerkt?

CAVALIERE Was, bitte?

GASPARINA Ihr Schicksal und mein Schicksal …

CAVALIERE Wie, bitte?

GASPARINA Ich bin adelig und arm und Sie sind adelig und arm.

CAVALIERE Eben. Und deshalb werde ich jetzt so rapide wie möglich …

Der Cavaliere will gehen.

GASPARINA Bleiben Sie doch. Haben Sie es denn nicht bemerkt?

CAVALIERE Was, bitte?

GASPARINA Die Duplizität der Fälle.

CAVALIERE Wie, bitte?

GASPARINA Sie und ich, sind wir nicht gleichermaßen vom Schicksal verunstaltet? Sind wir denn nicht füreinander geschaffen?

CAVALIERE Konträr, Verehrteste. Wenn sich ein armer Mann und eine arme Frau liieren, was kommt dann heraus? Armut. Wie langweilig. Und deshalb werde ich jetzt so schleunig wie möglich ...

Der Cavaliere will gehen.

GASPARINA Sie haben recht. Ich weiß auch nicht, ob mein Onkel mich einem so armen Manne hingeben würde. Sie haben nicht wenigstens ein nicht vertrunkenes Schloß?

CAVALIERE Leider ...

GASPARINA Ein Chalettl?

CAVALIERE Leider ...

GASPARINA Eine Meierei?

CAVALIERE Leider ...

GASPARINA Und was ist in Ihren Koffern?

CAVALIERE Lauter unbezahlte Rechnungen. Ich trage sie mit mir herum, damit ich nicht so gepäcklos wirke. Mein letzter Besitz waren zwei Ringe, und die zieren als Verlobungsringe die Finger von Greisinnen.

GASPARINA Sie sind verlobt?

CAVALIERE Im Scherz, Verehrteste, im Scherz. Alles im Leben ist Scherz. Das ganze Leben ist ein Scherz.

Er nimmt die Koffer und will gehen. Sansuga, der Wirt, kommt aus dem Gasthaus, Gasparina verschwindet im Erker.

SANSUGA *zum Cavaliere:* Chef, haben Sie etwas dagegen, wenn wir eine kleine rechnungsmäßige Zwischenbilanz machen? Ich verliere sonst total den Überblick.

CAVALIERE Ich bitte Sie, guter Mann, bilanzieren Sie nur.

SANSUGA Sehr nobel. Da hätten wir den Chianti ... sagen wir dreiundvierzig Flaschen?

CAVALIERE Nur?

SANSUGA Gut, sagen wir fünfzig?

CAVALIERE Mindestens.

SANSUGA Sechzig Flaschen. Äußerst nobel. Dann die Kommissionspalatschinken von der Orsola. Schätzungsweise zweihundert?

CAVALIERE Wenn Sie mir eine Schätzung erlauben, ich würde sagen, das Doppelte ...

SANSUGA Extrem nobel. Das Doppelte. Also fünfhundert Palatschinken. Dann Käse, Schinken, Artischocken, Nüsse ...

CAVALIERE Bilanzieren Sie nur weiter, was Ihnen so einfällt.

SANSUGA Lachs, Austern, Hummer, Kaviar ... macht summa summarum ...

CAVALIERE Ich lausche.

SANSUGA Vierhundertsiebenundzwanzigtausendsechshunderteinunddreißig. Sie sind mir nicht böse?

CAVALIERE Selten so günstig diniert. Eine Kleinigkeit stört mich allerdings. Könnten Sie nicht noch etwas Trinkgeld draufdividieren, damit es eine runde Summe wird? Ich hasse holprige Zahlen.

SANSUGA Total nobel. Mit Trinkgeld eine halbe Million. Wäre das angenehm?

CAVALIERE Sehr angenehm.

Der Cavaliere nimmt seine Koffer und will gehen.

SANSUGA Verzeihen Sie, es geht mich zwar nichts an, aber was machen Sie da?

CAVALIERE Wie meinen? Ach so, die Koffer. Ich trainiere für die Olympiade.

Der Cavaliere rennt mit den Koffern einmal im Kreis.

CAVALIERE Je schwerer das Eigengewicht, desto mehr Luft nimmt die Lunge auf. Für Sie als Asthmatiker wär das besonders empfehlenswert.

SANSUGA Ein Mittel gegen Asthma?

Catte taumelt, mit einer Chiantiflasche in der Hand, betrunken aus dem Gasthaus. Sansuga nimmt die Koffer auf und rennt damit im Kreis.

CATTE *zum Cavaliere:* Rote Lippen, blaue Augen, dunkler Wein, laden uns ein, laden uns ein … Bussi! Bussi! *Sie sieht den im Kreis rennenden Sansuga.* Was macht denn der? Ist er besoffen?

SANSUGA Je schwerer das Eigengewicht, desto mehr Luft nimmt die Lunge auf. Aber davon verstehst du ja nichts.

Pasqua torkelt aus dem Gasthaus.

PASQUA Wo ist der edle Spender? Spender, komm in meine Arme und beiße vom Brot der Glückseligkeit.

Sie umarmt den Cavaliere. Catte entreißt ihr den Cavaliere.

CATTE Vorsicht, die ist bissig.

PASQUA Du wärst ja froh, wenn du noch beißen könntest. Dir pfeift ja der Wind zwischen den Stummeln.

CATTE *zum Cavaliere:* Wer will den beißen? Nicht wahr, schöner Mann, du willst nicht gebissen werden? Du willst ganz zart liebgehabt werden. Rote Lippen, blaue Augen, dunkler Wein, laden uns ein, laden uns ein …

Catte umarmt den Cavaliere. Pasqua stellt sich hinter den Cavaliere und beißt ihn in die Schulter.

CAVALIERE Ahhhhh!

PASQUA Ich weiß doch, was die Männer wollen.

Catte zieht den Cavaliere ins Gasthaus.

CATTE Schnell, Fremder, sonst frißt sie dich komplett auf.

PASQUA Jetzt zeig ich ihm meine Spezialität, den venezianischen Doppelbiß.

CAVALIERE Aber meine Damen …

Catte, der Cavaliere und Pasqua verschwinden im Gasthaus. Sansuga rennt mit den Koffern des Cavaliere im Kreis.

SANSUGA *schreit:* Ich habe ein Mittel gegen Asthma gefunden! Ich werde gesund! Ich werde gesund!

Fabrizio schaut aus dem Fenster des Erkers.

FABRIZIO Ruhe! Ich bin Akademiker! Ich brauche Ruhe!

SANSUGA Ruhe! Ich bin Asthmatiker! Ich brauche Luft!

Fabrizio verschwindet hinter dem Erker. Catte schaut aus dem Gasthaus.

CATTE Was ist los, Sansuga? Willst du, daß wir an der afrikanischen Krankheit sterben? Willst du uns verdursten lassen?

SANSUGA Ich komme. Ich komme.

Sansuga rennt mit den Koffern ins Gasthaus. Der Campiello ist leer. Man hört Lärm im Gasthaus. Gnese und Zorzetto kommen aus dem Gasthaus auf den Campiello. Gnese und Zorzetto schauen einander an und kichern.

GNESE Willst du mit mir die Liebe probieren, Zorzetto?

ZORZETTO Schon, Signorina Gnese. Ich weiß aber nicht, wie das geht, Signorina Gnese.

GNESE Ich weiß alles. Von Lucietta. Paß auf, ich lege mich in den Schnee und tue so, als würde ich schlafen. Und du legst dich mit nackten Augen und stechendem Körper auf mich.

Sie legt sich in den Schnee des Campiello und schließt die Augen. Zorzetto legt sich auf sie drauf und starrt sie an.

ZORZETTO Und jetzt, Signorina Gnese?

GNESE Jetzt mußt du mich zum Singen bringen, Zorzetto.

ZORZETTO Singen?

GNESE Ja, Großer Gott, wir loben dich.

ZORZETTO *liegt auf ihr und singt:*

Großer Gott, wir loben dich.
Herr, wir preisen deine Stärke.

GNESE *singt mit Zorzetto mit:*

Wie es war zu aller Zeit, so bleibt es in Ewigkeit.

ZORZETTO Und jetzt kommt das Gift.

GNESE Wieso Gift? Jetzt mußt du deinen Zwirn einfädeln.

ZORZETTO Ich habe aber keinen Zwirn, Signorina Gnese.

GNESE Dann tu so, als ob.

Zorzetto tut, als würde er einen Zwirn durch ein Nadelöhr fädeln.

ZORZETTO Und jetzt das Gift.

GNESE Nein. Jetzt muß ich lustschreien, und du mußt mir den Mund zuhalten.

Gnese gibt spitze Schreie von sich. Zorzetto hält ihr den Mund zu. Pasqua kommt aus dem Gasthaus auf den Campiello.

PASQUA *ruft:* Kinder, wo seid ihr? *Sie sieht die beiden.* Um Gottes willen, das Kleinkind ist zum Wüstling entartet. Er vergewaltigt meine Tochter. Schnell, Schwester, schau dir diese Schweinerei an.

Orsola kommt aus dem Gasthaus.

ORSOLA *schreit:* Auseinander, ihr Schweine. Ihr seid verlobt, nicht verheiratet. Was ist das für eine Jugend heutzutage?

PASQUA Meinen Verlobten und mich hätte man ganze Nächte allein lassen können, ich hätte ihn nicht einmal angeschaut.

ORSOLA Er war ja wirklich ein häßlicher Teufel.

PASQUA Sei ruhig, Schwester. Hier geht es um die Erziehung unserer Kinder.

ORSOLA Du hast recht, Schwester. Kaum läßt man sie zwei Minuten aus den Augen, schon kleben sie aufeinander wie die Muscheln.

Fabrizio schaut aus dem Fenster des Erkers.

FABRIZIO Muscheln? Wo gibt es Muscheln?

Sansuga kommt mit den zwei Koffern des Cavaliere aus dem Gasthaus gerannt.

SANSUGA Aus dem Wege. Ich bin auf dem Wege der Gesundung.

ZORZETTO *zu Orsola:* Frau Mutter, es ist überhaupt nichts passiert. Die Signorina Gnese hat nur gesagt, ich soll sie zum Singen bringen, meinen Zwirn einfädeln und ihr beim Lustschreien den Mund zuhalten.

ORSOLA Mein Kind ist unschuldig. *Zu Pasqua:* Deine Tochter hat mein unschuldiges Kind verführt.

PASQUA Laß meine Tochter in Ruhe, du ranzige Palatschinkenfabrikantin.

ORSOLA Deine Tochter ist genauso verdorben wie du. Glaubst du, ich lasse mein Kind in eine Familie einheiraten, in der die Hurerei eine Erbkrankheit ist?

PASQUA Schau dir diesen Ring an. Schau dir diesen Ring ganz genau an. Mit dem kann meine Tochter kriegen, wen sie will. Du kannst deinen flachbrüstigen Palatschinkenkretin wieder ins Regal stellen.

ORSOLA Und du kannst dir den Ring in den Arsch schieben.

PASQUA Ich bringe dich um.

ORSOLA Ich bringe dich um.

Pasqua und Orsola stürzen aufeinander los. Sansuga dreht keuchend seine Runden.

SANSUGA Aus dem Wege. Ich bin auf dem Wege der Besserung.

GNESE *zu Pasqua:* Lucietta hat mir gesagt, daß der Mann nachher seinen Zwirn wieder einpackt, etwas von verkrampfter Jungfrau murmelt, ins nächste Gasthaus geht und sich einen ansauft. Ist das wahr, Frau Mutter?

PASQUA Mein Kind ist unschuldig. Lucietta hat ihr diese Schweinereien in den Kopf gesetzt. Ich bringe sie um.

Lucietta rennt schreiend auf den Campiello.

LUCIETTA Hilfe, er will mich umbringen! Er will mich umbringen!

Anzoletto erscheint in der Tür des Gasthauses. Er ist ziemlich betrunken.

ANZOLETTO Ich bringe sie um. Seht ihr diese Hände? Sie

werden sich wie ein eiserner Ring um den Hals meiner Braut legen. Sie wird ihren eigenen Namen in alle Ewigkeit aushauchen.

Er läuft Lucietta nach.

SANSUGA *keuchend:* Aus dem Wege. Ich bin auf dem Wege der Gesundung. Noch ein paar Runden, und ich bin kein Asthmatiker mehr.

FABRIZIO Ich halte das nervlich nicht mehr durch. Ich halte das nervlich nicht mehr durch.

Gasparina erscheint im Erker neben ihrem Onkel Fabrizio und beobachtet die Geschehnisse auf dem Campiello.

GASPARINA Ein schauerliches Schauspiel. Die Plebs ist nicht mehr zu halten.

ANZOLETTO *zu Lucietta:* Bleib stehen, damit ich dich umbringen kann!

LUCIETTA Ich bin unschuldig!

ANZOLETTO Über dem Tisch lacht sie mich an, und unter dem Tisch greift sie dem Fremden aufs Knie.

LUCIETTA Eine Verwechslung.

Anzoletto bleibt keuchend stehen. Er kann nicht mehr weiter.

ANZOLETTO Ich weiß ja, daß du einen Besseren heiraten willst. Ich bin ja nur ein armer, dreckiger Hund, den jeder davonjagt.

LUCIETTA *bleibt stehen und schreit ihn an:* Genau das bist du, ein dreckiger Hund, der nur bellen und winseln kann.

Anzoletto schlägt Lucietta.

LUCIETTA Hilfe, er bringt mich um!

SANSUGA *keuchend und taumelnd:* Eine Runde noch, und ich bin gesund!

Catte taumelt betrunken aus dem Gasthaus.

CATTE Rote Lippen, blaue Augen, dunkler Wein, laden uns ein, laden uns ein ... Was ist, Kinder, warum feiert ihr nicht weiter? Heute ist Hochzeit, heute ist Verlobung.

LUCIETTA Es gibt keine Hochzeit. Dieses Schwein hat mich geschlagen!

ORSOLA Es gibt keine Verlobung. Diese Erbhure hat mein Kind geschändet!

CATTE Was hat er? Er hat mein Kind geschlagen! Ich bringe ihn um!

Catte schlägt auf Anzoletto ein.

ANZOLETTO Schlagen Sie nur, Frau Schwiegermutter. Schon als Kind hat man mich immer geschlagen. Das macht mir nichts mehr aus.

CATTE Brautschänder!

ORSOLA *zu Gnese:* Kinderschänder!

GNESE *zu Pasqua:* Frau Mutter ...

PASQUA *zu Zorzetto:* Palatschinkenkretin!

ZORZETTO *zu Orsola:* Frau Mutter ...

Alle schreien durcheinander.

GASPARINA O, wie primitiv, wie entsetzlich primitiv!

Der Cavaliere tritt vor das Gasthaus.

CAVALIERE Dieser Zustand allgemeiner Erregung ist wohl der günstigste Moment für meine persönliche Entfernung.

FABRIZIO Ruhe! Ruhe! Wie soll ich hier jemals meinen Essay über das Liebesleben der Miesmuscheln vollenden?

Sansuga torkelt und fällt in den Schnee. Er sieht den davoneilenden Cavaliere.

SANSUGA Chef, wann beginnt die Olympiade? Ich bin total fit!

Fabrizio sieht den Cavaliere.

FABRIZIO*:* Aber das ist doch ... mein Herr, auf ein Wort.

CAVALIERE Mein Herr, auf kein Wort. Ich habe es furchtbar eilig.

FABRIZIO Aber natürlich. Der Cavaliere Astolfi, mein alter Studienkollege aus Parma. Wie kommst du in diese Gegend?

CAVALIERE Ach ja, jetzt entsinne ich mich wieder. Fabrizio di Retorti, genannt der Retortenfritz. Stimmts? Wie kommst du in diese Gegend?

Alle starren die beiden an.

FABRIZIO Das ist ein unangenehmes Kapitel. Ich habe meinem Bruder versprochen, daß ich mich nach seinem Tode um die Verheiratung seiner Tochter Gasparina kümmern werde.

CAVALIERE Ach ja, das adelige Fräulein?

FABRIZIO Adelig? Die ist genausowenig adelig wie ich. Einen Adelsfimmel hat sie. Seit drei Monaten versuche ich sie loszuwerden, aber kein vernünftiger Mann nimmt sie. Verständlich.

GASPARINA Herr Onkel!

FABRIZIO Sag einmal, alter Studienfreund, du kennst nicht zufällig einen gehobenen Idioten, der es finanziell notwendig hat, so etwas zu heiraten?

GASPARINA Herr Onkel!

CAVALIERE Finanziell notwendig?

FABRIZIO Ohne eine anständige Mitgift nimmt sie doch niemand.

Die Leute vom Campiello schauen von einem zum andern, je nachdem, wer gerade redet, wie bei einem Tennismatch.

CAVALIERE Du hast Geld?

FABRIZIO Ja ja, lieber Astolfi. Während du mit deinen adeligen Kumpanen in den Kneipen von Parma gesessen bist ...

CAVALIERE Der Schinken war ausgezeichnet.

FABRIZIO ... habe ich das Rechnungswesen studiert.

CAVALIERE Habe ich da nicht vorher etwas vom Liebesleben der Miesmuscheln gehört?

FABRIZIO Eine intellektuelle Marotte von mir. Hauptberuflich rechne ich.

CAVALIERE Und das bringt Geld?

FABRIZIO Ich halte verschwenderische Aristokraten aus und führe über jede Ausgabe Buch. Das nennt man Buchhaltung.

CAVALIERE Buchhaltung?

FABRIZIO Als Sicherstellung nehme ich ihre Güter. Wenn sie bankrott sind, verkaufe ich die Güter um das Doppelte. Das nennt man doppelte Buchhaltung.

CAVALIERE Doppelte Buchhaltung?

FABRIZIO Hast du es noch nicht bemerkt, alter Freund? Die Zukunft gehört den Zahlen, nicht den Titeln. Und wie geht's dir finanziell, prächtig?

CAVALIERE Entsetzlich.

FABRIZIO Und deine Güter in Neapel?

CAVALIERE Verspielt.

FABRIZIO Und deine Barschaft?

CAVALIERE Auf null.

SANSUGA Und was ist mit der Olympiade?

GNESE Olympiade? Wovon redet dieser asthmatische Schwachkopf?

SANSUGA Ich bin kein Asthmatiker mehr. Chef, sagen Sie Ihrem Retortenfritz, daß wir Sportskameraden sind und daß Sie total nobel beim Bezahlen von Rechnungen sind und daß wir beide mitten im Training für die nächste Olympiade ...

FABRIZIO Genug. Die letzte Olympiade hat 66 nach Christi in Sparta stattgefunden. Sie kommen um ungefähr 1800 Jahr zu spät, und folglich sind Sie ein Schwachkopf.

SANSUGA *bekommt einen Hustenanfall:* Es gibt keine Olympiade?

FABRIZIO Und ein Asthmatiker sind Sie auch.

SANSUGA Chef, stopfen Sie diesem Antisportler das Maul. Bezahlen Sie die Rechnung.

CAVALIERE Aber bitte, Sportsfreund, bedienen Sie sich am Inhalt meiner Koffer.

SANSUGA Danke, Sportsfreund. Ich habe es ja gewußt, total nobel.

Er öffnet die Koffer, Papier kommt zum Vorschein, nichts als Papier. Er wirft es in die Luft.

SANSUGA Wer bezahlt die Rechnung? Wer bezahlt meine Rechnung?

CATTE Das Hochzeitsessen?

PASQUA Das Verlobungsessen?

ORSOLA Meine Palatschinken?

CAVALIERE Ich leider nicht. Was wollt ihr? Ihr habt euren Spaß gehabt und ich den meinen. Es hat mich sehr gefreut.

Der Cavaliere will gehen. Die Leute vom Campiello kreisen ihn ein.

CATTE Die Hochzeit meiner Tochter ein Spaß?

LUCIETTA Meine Ehe mit Anzoletto ein Spaß?

ANZOLETTO Meine Liebe zu Lucietta ein Spaß?

PASQUA Die Verlobung meiner Tochter ein Spaß?

ORSOLA Meine Palatschinken ein Spaß?

ZORZETTO Wir sind kein tragisches Liebespaar?

CATTE Und wenn wir alle ins Gefängnis kommen, was ist das?

CAVALIERE Hart, aber ungerecht. Schon wieder ein Spaß. Mir fallen eben nur Späße ein.

CATTE Anzoletto!

ANZOLETTO Ja, Schwiegermutter?

CATTE Zeig ihm, was wir hier von seinen Späßen halten.

CAVALIERE *hebt lachend seine Hände und imitiert Anzoletto:* Sehen Sie diese Hände? Sie werden sich wie ein eiserner Ring um Ihren Hals ... nein, Großmütterchen, auf diesen Trick falle ich nicht mehr herein.

Anzoletto zieht ein Messer. Es ist still auf dem Campiello.

CAVALIERE Jetzt treiben Sie den Spaß aber zu weit!

CATTE Im Gegenteil, Großväterchen. Wir haben gerade erst angefangen.

SANSUGA Mach ihn kalt, Anzoletto.

PASQUA Stich ihn ab.

Anzoletto geht mit gezogenem Messer langsam auf den Cavaliere zu.

FABRIZIO Sag, Astolfi, du weißt wirklich keinen bedrängten Aristokraten, der es dringend notwendig hat, meine Nichte zu heiraten? Ich würde die Mitgift um die Summe einer unbezahlten Rechnung erhöhen. Ich muß einfach von hier weg. Ich halte diese Gegend nervlich und intellektuell nicht mehr aus.

Anzoletto stürzt sich auf den Cavaliere. Der Cavaliere flüchtet in das Haus von Fabrizio. Fabrizio verschwindet vom Erker.

CATTE Wenn er unten wieder herauskommt, bring ihn um. Wenn er oben als Bräutigam erscheint, jubeln wir ihm zu.

GASPARINA Was glaubt ihr? Ich werde diesen Mitgiftjäger niemals ehelichen.

CATTE Mitgiftjäger? Aber Exzellenz.

PASQUA Der Mann ist schwer verliebt in Sie, Durchlaucht.

SANSUGA Total verliebt.

ORSOLA Gnädigste, sagt er zu mir im Gasthaus, Ihre Palatschinken sind hervorragend. Gut, sage ich, dann essen Sie. Wenn ich nur könnte, sagt er, aber der Gedanke an Gasparina schnürt mir den Hals zu. Der Mann verkommt ohne Sie, Gebenedeite!

LUCIETTA Wie ich ihm vorhin irrtümlicherweise aufs Knie greife, sagt er, drücken Sie nur, drücken Sie nur, aber gestatten Sie, daß ich dabei an eine andere, an Gasparina denke. Entschuldigen Sie, daß ich Ihren Vornamen so respektlos ausspreche, Beleuchtete!

GASPARINA Was soll dieses Exzellenz? Dieses Durchlaucht? Dieses Gebenedeite? Dieses Beleuchtete?

CATTE Wieso? Spricht man so nicht die Frau eines Cavaliere an?

GASPARINA Ach ja, natürlich. Aber es kommt alles so plötzlich. Ich muß mich noch reiflichst überdenken.

Der Cavaliere und Fabrizio erscheinen im Erker.

ALLE Es lebe das Brautpaar! Hoch der Cavaliere! Hoch Gasparina!

CAVALIERE Morgen verlasse ich diesen Campiello. Ehelich.

GASPARINA Morgen verlasse ich diesen Campiello. Adelig.

FABRIZIO Morgen verlasse ich diesen Campiello. Endlich.

Der Cavaliere, Gasparina und Fabrizio verschwinden im Haus.

CATTE *zu Lucietta und Anzoletto:* Los, Kinder, ins Haus mit euch.

LUCIETTA Nein.

CATTE Was heißt hier nein? Willst du deine Hochzeitsnacht im Schnee verbringen?

LUCIETTA *zeigt auf Anzoletto:* Zwischen diesem Herrn und mir ist noch eine Rechnung offen.

CATTE Dann begleiche sie.

Lucietta gibt Anzoletto eine Ohrfeige.

LUCIETTA Geliebter Anzoletto!

ANZOLETTO Geliebte Lucietta!

CATTE Es ist schon ein Segen, wenn sich die Kinder so gut verstehen.

Catte, Lucietta und Anzoletto gehen in Cattes Haus.

PASQUA *zu Gnese und Zorzetto:* Und ihr beide? Wollt ihr eure Zwirnfädlerei in aller Öffentlichkeit wiederholen? Ins Haus mit euch.

GNESE Ja, Frau Mutter. Nein, Frau Mutter.

Gnese nimmt Zorzetto an der Hand und geht mit ihm in das Haus ihrer Mutter Pasqua.

ZORZETTO Jetzt probieren wir meine Version. Mit Gift.

ORSOLA *zu Pasqua:* He, Nachbarin, das geht nicht. Die beiden sind ja noch nicht verheiratet.

PASQUA Und wie war's bei dir?

ORSOLA Das ist etwas anderes.

PASQUA Es ist immer etwas anderes und immer das gleiche.

Pasqua geht in ihr Haus. Orsola und Sansuga sind allein auf dem Campiello.

ORSOLA *zu Sansuga:* Wie viele Palatschinken hast du dem Fremden angedreht?

SANSUGA Fünfhundert.

ORSOLA *gibt ihm einen Kuß:* Du bist ein Teufel, Sansuga.

SANSUGA Stinke ich nach Zwiebeln, Orsola?

Orsola beschnuppert Sansuga.

ORSOLA Laß riechen. Überhaupt nicht. Und ich? Stinke ich nach ranzigem Öl?

Sansuga beschnuppert Orsola.

SANSUGA Laß riechen. Überhaupt nicht. Hast du noch Lust auf ein Gläschen?

ORSOLA Gerne. Vor lauter Kochen bin ich nicht zum Trinken gekommen. Magst du noch eine Palatschinke?

SANSUGA Gerne. Vor lauter Servieren bin ich nicht zum Essen gekommen.

Die beiden gehen in Sansugas Gasthaus. Stille auf dem Campiello. Es beginnt zu schneien. Pasqua und Catte kommen vor die Türen ihrer Häuser.

PASQUA He, Schwester.

CATTE Ah, Schwester.

PASQUA Wie läuft's bei dir, Schwester?

CATTE Er trommelt sich auf die Brust, und sie sagt immer, du bist der Größte. Normal. Und bei dir, Schwester?

PASQUA Er schenkt ihr ein Glas nach dem anderen ein und fordert sie zum gemeinsamen Liebestod auf. Normal. *Sie zeigt auf Gasparinas Haus.* Und wie, glaubst du, läuft's bei denen?

CATTE Wird wohl auch nicht so anders laufen, außer daß er dabei an die Mitgift und sie an den Titel denkt.

PASQUA *zeigt auf Sansugas Haus:* Hier läuft auch noch was.

CATTE Was soll schon laufen, wenn ein Asthmatiker stundenlang über seinen letzten Anfall redet?

PASQUA Und bei uns, Schwester?

CATTE Bei uns, Schwester?

PASQUA Was läuft bei uns, nachdem wir die Kinder unter Dach und Fach gebracht haben?

CATTE *lachend:* Was soll bei dir schon laufen? Schau dich an. Die Zeit ist wie ein Pflug durch dein Gesicht gefahren.

PASQUA *lachend:* Und durch deine Zähne. Schau dich an.

CATTE *lachend:* Schau dich an. Dein hängendes Fleisch drückt dich zu Boden.

PASQUA *lachend:* Deine Haut zerreißt wie altes Papier. Schau dich an.

CATTE *lacht immer lauter:* Wir sind so häßlich, Schwester.

PASQUA *lacht mit:* So häßlich, so häßlich, so häßlich.

CATTE Schau mich an. Siehst du das Feuer in meinen Augen? Es brennt und brennt.

PASQUA Schau mich an. Wenn ein Mann in meiner Umgebung lächelt, dann glaube ich noch immer, er meint mich. Mich.

CATTE Wenn ich dich so anschaue, Schwester, so hast du allen Grund dazu.

PASQUA Wenn ich dich so anschaue, Schwester, so möchte ich direkt ein Mann sein.

CATTE Verehrtester!

PASQUA Verehrteste!

CATTE Darf ich um diesen Tanz bitten?

PASQUA Aber bitte.

Die beiden tanzen.

PASQUA Schwester, ich kann nicht mehr. Ich hab zuviel getrunken.

CATTE Wir tanzen, bis wir umfallen. Und dann stehen wir wieder auf.

Die beiden tanzen weiter. Schnee fällt. Der Vorhang geht langsam nieder.

Texte und Bilder
zu
Campiello

In Carlo Goldonis Theaterstück »Il Campiello« entstand der Witz vor allem durch das Aufeinandertreffen zweier italienischer Dialekte, des venezianischen und des neapolitanischen, und durch die vielen Anspielungen auf damalige Vorkommnisse und Verhältnisse. Ich habe die ursprüngliche Absicht, das Stück ins Deutsche zu übersetzen, aufgegeben, weil man solche Vorkommnisse und Verhältnisse nicht einfach rekonstruieren kann und weil die Konfrontation zweier heimischer Dialekte durchaus nicht so viel hergibt wie im Italienischen.

In meiner Fassung des »Campiello« treffen weniger zwei verschiedene Arten des Sprechens, sondern vielmehr zwei verschiedene Arten des Denkens, des Bewußtseins aufeinander. Die armen Leute vom »Campiello« – worunter man einen kleinen Platz in Venedig versteht – repräsentieren das Proletariat, ihr Bewußtsein ist ein proletarisches. Den Gegensatz stellt der Cavaliere dar, ein besserer Herr aus Neapel. Diese Begegnung, dieses Aufeinandertreffen verläuft so lange komödiantisch, bis sich die Geister voneinander scheiden, die Klassen voneinander abheben, das Verhalten des Oberen für die Unteren nicht mehr »witzig« ist, sie in ihrer Existenz bedroht. Sie kündigen das komödiantische Verhältnis und setzen an die Stelle des Witzes die Gewalt. (Im Unterschied zu meinen bisherigen Klassikerbearbeitungen »Der tollste Tag« und »Die Wirtin«, in denen dieses Verhältnis von den Mächtigen aufgehoben wird.)

Dies ist kein Stück über gute und schlechte Menschen. Es ist ein Versuch, das Verhalten der Menschen als etwas von Lebensbedingungen und Lebensmöglichkeiten Abhängiges darzustellen. Was für die Leute vom Campiello eine Katastrophe ist, was sie wild und gefährlich macht, kann für den Cavaliere eine aufregende Unterhaltung sein.

(Zum Stück, 1982)

Bühnenbildentwurf von Peter Pongratz für die Uraufführung am Wiener Volkstheater, 1982

Wiener Volkstheater, 1982, Ensemble

Wiener Volkstheater 1982
Ensemble

In noch einem Punkt verlasse ich das Original. Es hat mich schon immer gestört, wenn das Publikum über die Liebessehnsucht älter werdender Frauen lacht. Dieses Auslachen, das so krampfhaft die Angst vorm eigenen Altwerden ka-

Wiener Volkstheater, 1982
Maria Urban, Doris Weiner und Hilde Sochor

schiert, wollte ich dem Publikum nicht schenken. Ich wollte zeigen, daß es nicht lächerlich ist, wenn älter werdende Frauen auf ihrer Sehnsucht nach Liebe bestehen, sondern mutig. *(Zum Stück, 1982)*

Programmheft Theater im Keller, Graz, 1986
Probenzeichnung von Herwig Lehner

Machen Sie sich nicht zu viele Gedanken in der Kostümfrage. Wenn Sie die Figuren aus meinem »Campiello« in venezianischen Kostümen auf die Bühne schicken wollen, dann tun Sie es. Wenn Ihnen ein modernes Gewand lieber ist, warum nicht? Und wenn Sie eine Mischung von beiden bevorzugen, habe ich auch nichts dagegen. Selbst wenn Sie den Schauspielern die Kostüme auf den nackten Leib malen, also Body-Painting betreiben wollen, werde ich nicht dagegen einschreiten. Das Theater ist ein Ort der Behauptung, das Publikum ist grundsätzlich bereit, Ihnen jede Verrücktheit abzunehmen. In der Wirklichkeit ist das anders: Wenn Sie mit Ihrer Angebeteten zum ersten Mal aufs Zimmer gehen und unter Ihrem Straßenanzug ein Kostüm aus dem Jahre 1756 zum Vorschein kommt, wird sie Sie für einen Verrückten halten. Am Theater ist jede Verrücktheit möglich, sie ist Teil des Theaters. Aber damit Ihre Behauptungen einen ganzen Abend funktionieren, müssen Sie das Publikum an etwas Reales, Gegenwärtiges erinnern. Mein Stück spielt im Venedig des Jahres 1756, aber der Campiello könnte genausogut in Favoriten, einem Vorstadtbezirk von Wien, stehen – oder in Manchester. Beim Cavaliere könnte es sich ebensogut um einen liberalen Snob handeln, der ein nachhaltiges Faible für die Urigkeit des Proletariats hat. Das müssen Sie erzählen.

(Brief an ein Studententheater in Manchester, 2002)

Programmheft
Mecklenburgisches Staatstheater Schwerin, 1986

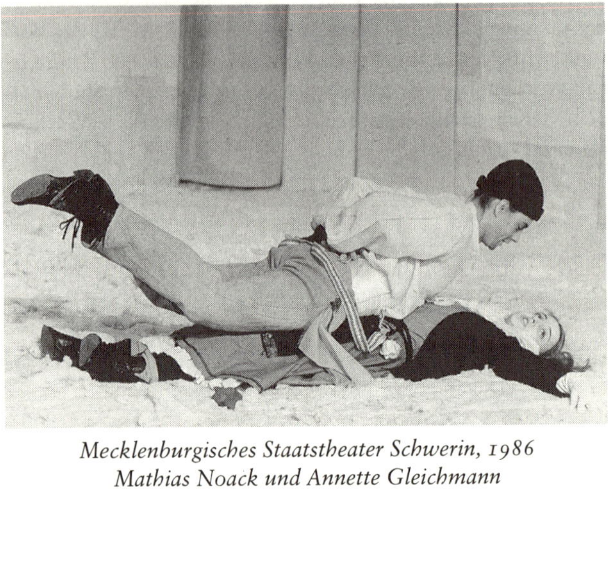

Mecklenburgisches Staatstheater Schwerin, 1986
Mathias Noack und Annette Gleichmann

Wiener Volkstheater, 1982
Ernst Meister und Hilde Sochor

Auf Ihre Frage, was ich denn von den Werken Goldonis halte, könnte ich mit fünfzig Seiten antworten und versuche es doch mit einem Wort: »Viel!« Wie Sie wissen, bin ich ein halber Italiener, und die komödiantische Dramaturgie Goldonis hat mein Theaterherz immer erfreut. Die deutsche Dramaturgie war mir immer etwas zu intelligent, zu essayistisch, zu viel Metaphysik und zu wenig Spaghetti.

(Brief an eine italienische Dissertantin, 1998)

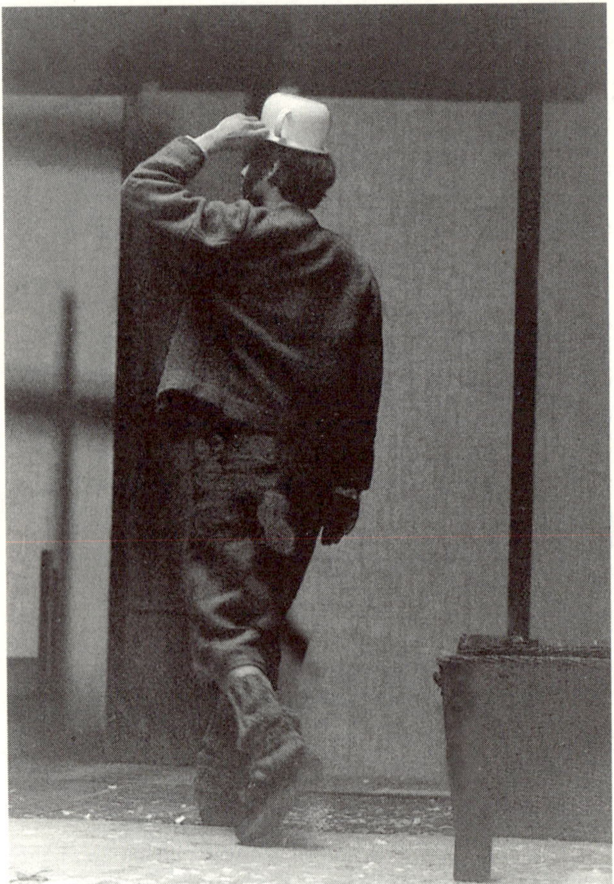

Wiener Volkstheater, 1982
Hans Piesbergen

Nachwort

»Wohin sonst mit aller Schwellung, wenn nicht in die Sprache?« Dieser Ausruf von Figaro könnte als Leitsatz über allen drei in diesem Band versammelten Komödien stehen. Denn es schwillt einiges in ihnen, verbal und physisch. Dem Diener Figaro bleibt als Ausdruck seiner Wut über die erotische Attacke des Grafen auf seine Verlobte, Susanne, nur die pointierte Gegenrede. Die Wirtin Mirandolina versucht das Begehren des Cavaliere sprachlich zu entfachen und, als es immer heftiger anschwillt, ihm wortreich wieder zu entgehen. Ihr Kellner Fabrizio jongliert je nach Gelegenheit mit feingesponnenen Intrigen oder derben Formulierungen und will damit gesellschaftlich vorwärtskommen. Und die Bewohner des Campiello geraten bei der Ankunft des angeblich so reichen Cavaliere in Wallung vor Begeisterung und Geldgier.

Die schwelgerische Sprache, der Wortwitz, die Pointe sind eindeutig auf der Seite der niederen Klasse, mögen sich die Adeligen auch noch so aufplustern. Dieser Utopie, daß der Witz, die Wortmächtigkeit der Kleinen die reale Macht der Großen brechen und sie versöhnlich stimmen, sind Beaumarchais und Goldoni in ihren Stücken gefolgt und haben alles zu einem guten Ende kommen lassen. Turrini hat diese schöne Vorstellung ein paar Akte lang vorgeführt, aber bei ihm gibt es kein Happy-End, keine Versöhnung zwischen den Klassen, bei ihm wird aus der Utopie ein Drama. Seine Figuren frönen der Lust an der Sprache nur so lange, bis die Mächtigen Lust an der Ausübung ihrer Macht, der Gewalt bekommen. Dann wird aus dem lächelnden Gesicht eine grimmige Maske, aus dem galanten Liebesspiel eine Vergewaltigung, auf die komödiantische Intrige folgt der Tyrannenmord. Turrini führt seine Figuren an ein realistisches Ende, er zeigt nicht ihren Triumph, sondern die Ohnmacht ihres Witzes.

Daß sich die Komödie dennoch so lange aufrechterhalten läßt, hängt mit der Gattung zusammen, der sich Turrini dabei bedient, der Commedia dell'arte. Das flotte Spiel, der rasante Schlagabtausch, das schnelle Sich-Äußern der Figuren täuschen lange über den realistischen Kern der Stücke hinweg, bis Turrini die Komödie kippen läßt. Bis dahin ist man mit Vergnügen dem komödienverliebten Halbitaliener Turrini gefolgt, um ihm dann in die Falle der österreichischen Hinterfotzigkeit zu gehen.

Wenn die heiße Luft aus der Komödie draußen ist und die beißende Kälte der Tragödie sich breitmacht, wird deutlicher, was sich Turrinis Figaro, seine Mirandolina, sein Fabrizio, seine Catte und Pasqua wirklich herausgenommen haben. Sie alle sind sich der Ungerechtigkeit bewußt, die sie umgibt, und sie versuchen dieses Verhältnis von Macht und Möglichkeit, Wunsch und Wirklichkeit zu ihren Gunsten zu verändern, umzudrehen, aufzuheben. Sie reagieren dabei nicht klassenkämpferisch auf ihre jeweilige Situation, sie agieren individuell und im Hinblick auf ihr eigenes kleines Glück. Sie starten ihren Angriff mit den Waffen des Witzes, doch auf ihre Wortgefechte, auf die scharfzüngigen Wortstiche und Treffer der Frauen folgt brutale Ernüchterung. Und damit wird auch der Sprung in die Gegenwart vollzogen, denn obwohl die Geschichten als historische Komödien erzählt werden, ist das Fazit sehr gegenwärtig.

Am Ende sind Figaro und Susanne auf der Flucht, Fabrizio verhaftet, Mirandolina erniedrigt, und die Menschen vom Campiello kehren in ihren Alltag zurück, in ihre Armut und Perspektivlosigkeit. Die Parteinahme des Autors für die kleinen Leute, die sich in diesen drei Stükken – wenn auch im historischen Gewand – deutlich abzeichnet, wird sich in seinen nachfolgenden Stücken noch stärker ausprägen.

Beaumarchais hat sein Stück ein paar Jahre vor Ausbruch der Französischen Revolution geschrieben, Turrini das seine ein paar Jahre nach dem Höhepunkt der Studentenbewegung, im Frankreich des 18. Jahrhunderts erkannten sich die bürgerlichen Zuschauer in der Figur des Figaro wieder, bei Turrini erkannten die bürgerlichen Zuschauer ihren »Tollen Tag« nicht wieder. Dennoch zählt vor allem »Der tollste Tag« zu Turrinis erfolgreichsten Stücken, seit dessen Uraufführung 1972 in Darmstadt gab es von allen drei Stücken über 200 Inszenierungen in 17 Ländern, von Repertoireaufführungen in Staatstheatern über Tourneen bis zu Aufführungen von Laientheatern, und ein Verschwinden von den Spielplänen ist nicht abzusehen. Das hängt wohl damit zusammen, daß diese Komödien nicht nur zur Freude des Publikums, sondern auch zur Freude jener, die sie spielen, der Schauspieler, beitragen. Turrini ist ein Autor, der schon beim Schreiben ans Spielen denkt, und manchmal bricht diese Spiellust nachhaltig durch, wie im Falle der »Wirtin«, bei der Turrini selbst inszeniert und mitgespielt hat. Oder, um es mit Turrini-Figaro zu sagen: »Wohin sonst mit aller Schwellung ...?«

Silke Hassler

Uraufführungen

Der tollste Tag. Frei nach Beaumarchais.
Darmstadt: Landestheater, 26.2.1972. Regie: Gerd Heinz.

Die Wirtin. Frei nach Goldoni.
Nürnberg: Schauspielhaus, 24.11.1973.
Regie: Günther Tabor.

Campiello. Frei nach Goldoni
Wien: Volkstheater, 26.9.1982. Regie: Harry Reich-Ebner.

Textnachweise

Der tollste Tag

Zum Stück. Erstabdruck im Programmheft der Darmstädter Uraufführung, 1972, gekürzt.

Interview mit Claus Caesar für die Theaterzeitung des Bayerischen Staatsschauspiels, »basta«, Nr. 5, 2000, S. 3, Auszüge.

Lied der Marcelline. Geschrieben im September 1981 für die Produktion des Theaters der Courage, Wien, Emmy Werner gewidmet. Erstabdruck im Programmheft der Aufführung, 1981.

Brief an den Regisseur Josef Köpplinger für die Aufführung am Wiener Volkstheater im Mai 2003, 2.2.2003, unveröffentlicht.

Text über Salman Rushdie, geschrieben für diese Buchausgabe im Februar 2003.

Brief an den Dramaturgen Wolfgang Wittstock, Theater Brasov, Rumänien, 7.8.1985, unveröffentlicht.

Tagebucheintragung, 25.4.1981, unveröffentlicht.

Die Wirtin

Zum Stück. Erstabdruck im Programmheft der Nürnberger Uraufführung, 1973.

Brief an den Direktor des Zürcher Schauspielhauses (Entwurf), 14.11.1979, unveröffentlicht.

Requisitenliste der »Wirtin«, Inszenierung von Peter Turrini am Reinhardt-Seminar in Wien, 1982, unveröffentlicht.

Aus einem Arbeitsgespräch mit der Herausgeberin Silke Hassler, 2003, unveröffentlicht.

Tagebucheintragung, 22.6.1985, unveröffentlicht.

Campiello

Zum Stück. In: Turrini Lesebuch zwei. Wien: Europa Verlag 1983, S. 206.

Brief an ein Studententheater in Manchester, 18.6.2002, unveröffentlicht.

Brief an eine italienische Dissertantin, 8.1.1998, unveröffentlicht.

Bildnachweise

Der tollste Tag

Uraufführung am Staatstheater Darmstadt, 1972. © Photo: Pit Ludwig

Wiener Volkstheater, 1973. © Photo: Adolf Lukan

Programmheft Städtische Bühnen Dortmund, 1979. © Städtische Bühnen Dortmund

Bühnen der Stadt Magdeburg, 1987. © Photo: Jürgen Banse

Wiener Volkstheater, 1973, © Photo: Adolf Lukan

Plakat des Theaters im Kesselhaus, Weil am Rhein, 1998. © Photo: Hans-Peter Beck

Slowakisches Nationaltheater Bratislava, 1996. © Photo: Jana Nemčoková

Residenztheater München, 2000. © Photo: Rabanus

Theater Karlsbad, 1992. © Photo: Zdeněk Štěpař
Plakat des Habimah Nationaltheaters, Tel Aviv, 1981.
© Habimah Nationaltheater
Residenztheater München, 2000. © Photo: Rabanus

Die Wirtin

Östgötateatern, Schweden, 1985. © Photo: Östgötateatern
Plakat des Theaters Spielraum, Wien, 1983.
© Theater Spielraum
Gemeindehoftheater Wien, 1985. © Photo: Didi Sattmann
Staatsschauspiel Dresden, 1999. © Photo: HL Böhme
Max Reinhardt-Seminar, Wien, 1982. ©: Photo: Elfie Payer
Gemeindehoftheater Wien, 1985. © Photo: Didi Sattmann
Wiener Volkstheater, 1975. © Photo: Helmut Baar
Wiener Volkstheater, 1975. © Photo: Helmut Baar
Gemeindehoftheater Wien, 1985. © Photo: Didi Sattmann

Campiello

Bühnenbildentwurf von Peter Pongratz für die Uraufführung am Wiener Volkstheater, 1982.
© Hermann Böhlaus Nachfolger Wien, Köln, Graz
Wiener Volkstheater, 1982. © Photo: Elfie Payer
Wiener Volkstheater, 1982. © Photo: Elfie Payer
Wiener Volkstheater, 1982. © Photo: Elfie Payer
Programmheft Theater im Keller Graz, 1986.
© Herwig Lehner, Theater im Keller
Programmheft Mecklenburgisches Staatstheater Schwerin, 1986. © Martin Fischer
Mecklenburgisches Staatstheater Schwerin, 1986.
© Photo: Festersen
Wiener Volkstheater, 1982. © Photo: Elfie Payer
Wiener Volkstheater, 1982. © Photo: Elfie Payer